Knaur

Les Martin

# Akte X
# Die unheimlichen Fälle des FBI

## Die Maschine

Roman

auf Basis der gleichnamigen Fernsehserie
von Chris Carter,
nach einem Drehbuch von Howard Gordon
und Alex Gansa

Aus dem Amerikanischen
von Marc Witibschlager

Knaur

Die amerikanische Originalausgabe erschien unter dem Titel
*The X-Files – Ghost in the machine* bei HarperTrophy –
A Division of HarperCollins Publishers, New York

Redaktion: Annekatrin Klaus

Vollständige Taschenbuchausgabe August 1998
Droemersche Verlagsanstalt Th. Knaur Nachf., München

Umschlaggestaltung: Papen Werbeagentur, Köln
Umschlagillustration: Michael Grecco; © 1997 by 20th Century Fox Corp.
Druck und Bindung: Clausen & Bosse, Leck
Printed in Germany
ISBN 3-426-61052-3

5 4 3 2 1

# 1

Crystal City, Virginia. Standort des Eurisko-Gebäudes, Hauptquartier der weltweit operierenden Eurisko Corporation. Eingehüllt in einen Mantel aus dunklem Glas ragte der Wolkenkratzer dreißig Stockwerke hoch in den Himmel. Beinah konnte man hören, wie er den Menschen zu seinen Füßen zuraunte: „Ich bin eure Zukunft".

Und über diese Zukunft stritten sich zwei Männer, in einem der riesigen Büroräume im obersten Geschoß des Gebäudes.

Schon ihr Äußeres ließ ahnen, daß sie unterschiedlicher Meinung sein *mußten*: einer der beiden hatte einen teuren Anzug an, der perfekt saß. Sein dicklicher Kopf war von makellos geschnittenem, gepflegten grauen Haar bedeckt. Er stand hinter einem großen und penibel aufgeräumten Schreibtisch. Ihm gegenüber hatte sich ein hoch aufgeschossener Mann aufgebaut, der ein dunkles T-Shirt und ausgebleichte Jeans trug, die schlaff an seinem Körper hingen. Zerzaustes dunkles Haar wuchs ihm in wirren Strähnen in die Stirn – dennoch war der durchdringende Glanz seiner Augen nicht zu übersehen.

Der schlaksige Mann war Brad Wilczek, Gründer der Eurisko Corporation.

„Warum glaubst du wohl, ist der Aktienkurs von Eurisko wie ein Bleigewicht gefallen?“ verlangte er zu wissen.

Der andere, Eurisko-Vorstandsmitglied Benjamin Drake, lächelte herablassend – es war das Grinsen eines Mannes, der mit einem trotzigen, verstockten Kind spricht.

„Die Gewinne waren mager im letzten Jahr“, erwiderte Drake. „Und sie werden in dieser Saison kaum steigen, wenn wir die Kosten nicht reduzieren.“

„Falsch“, antwortete Wilczek bissig. „Der Grund ist, daß du das Budget für Forschung und Entwicklung halbiert hast. Du hast dabei vergessen, daß Euriskos Geschäft im Morgen liegt, und nicht im Heute. Du hast vergessen, worum es hier überhaupt geht.“

Drake grinste immer noch. „Ob es dir gefällt oder nicht, das Geschäft mit Computersoftware verändert sich. Wir tragen keine Kinderschuhe mehr, sondern wir haben es jetzt mit den großen Jungs zu tun. Wir müssen uns durchsetzen können, und wir müssen überschüssigen Speck loswerden.“

„Was wir loswerden sollten, ist die Habgier des Vorstands“, knurrte Wilczek. „Wir müssen kurzfristige Profite den langfristigen Zielen opfern.“

„Laß uns nicht wieder damit anfangen . . . Wir hatten diese Diskussion bereits beim Meeting unserer Aktionäre. Und du weißt genau, für welche Seite sie sich entschieden haben. Wen willst du noch beeindrucken? Die Kamera da oben?“

Drake blickte zur Decke hinauf. Ein rotes Licht glühte über einem elektronischen Auge, das mit dem zentralen Computersystem des Gebäudes, dem COS, verbunden war. Hunderte von Kameras waren über den gesamten Komplex verstreut, und der Computer überwachte damit alles, was sich zwischen Keller und Dach abspielte.

Wilczek funkelte Drake wütend an. „Verstehst du nicht? Du vernichtest mich. Du vernichtest meine Firma."

Das mokante Grinsen schien auf Drakes Gesicht festgefroren. „Eurisko ist nicht *deine* Firma, Brad", erinnerte er Wilczek. „Nicht mehr. Wach auf und gewöhn dich endlich an den Gedanken."

„Du . . . du –" Wilczek rang nach Luft.

„*Vorstandsvorsitzender von Eurisko* ist der Begriff, den du suchst", sagte Drake seelenruhig. „Also warum gehst du nicht und spielst mit den Sachen, die man dir für deinen Abgang bezahlt hat. Und läßt mich meine Arbeit machen."

Als Wilczek aus dem Raum stürmte, sah Drake ihm triumphierend nach. Dann legte er sein Jackett ab und setzte sich vor seinen Laptop, um sich der Meldung vom Führungswechsel bei Eurisko zu widmen. Er mußte die Neuigkeit in beschönigende Worte fassen: er würde sein Bedauern darüber ausdrücken, daß Wilczek seine aktive Rolle bei Eurisko aufgegeben hatte . . . Und natürlich würde er hinzufügen, daß Besuche Wilczeks immer willkommen waren, sollte er der Firma weiterhin als Ratgeber zur Seite stehen wollen.

Die Abteilung für Öffentlichkeitsarbeit hätte diese Aufgabe übernehmen können, doch in diesem Fall wollte Drake sich persönlich darum kümmern.

Es war bereits Nacht, als Benjamin Drake die Arbeit beendete. Er nahm sich die Zeit, den letzten Absatz erneut zu lesen: „Als meine erste wichtige Maßnahme beende ich das Projekt COS. Trotz unserer größten Hoffnungen erlauben dessen spärlicher Verkauf und die steigenden Kosten keine andere Alternative."

Drake nickte zufrieden, speicherte seinen Text und fuhr das System seines Laptops herunter. Genüßlich gähnend stand er auf, schlüpfte in seine Anzugsjacke und schickte sich an, den Raum zu verlassen.

Bevor er die Tür erreichte, vernahm er das Geräusch laufenden Wassers: es kam aus dem kleinen Badezimmer, das an das Vorstandsbüro anschloß.

Widerwillig verzog Drake das Gesicht – er mußte sich wohl um die Sache kümmern.

Wasser umspülte seine Schuhe, als er die Toilette betrat. Im Licht der geöffneten Tür konnte er sehen, daß es aus dem schwarzen Marmorwaschbecken quoll, und als er sich weiter vorbeugte, stellte er fest, daß der Wasserhahn aufgedreht und der Abfluß anscheinend verstopft war.

„Ein Grund mehr, das COS loszuwerden", murmelte er. „Nicht mal in diesem Gebäude läuft es richtig."

Er näherte sich dem Becken, fuhr mit der Hand über den Hahn, und der Fluß des Wassers stoppte. „Wenigstens dieser Teil der Elektronik funktioniert“, dachte er halblaut.

Das Becken aber blieb voll. Drake zog sein Jackett aus, rollte den Ärmel hoch und tauchte die Hand in das Wasser, um die Verstopfung des Abflusses zu beseitigen.

Doch bevor er dazu kam, läutete das Telefon im Badezimmer.

„Immer alles auf einmal“, murrte Drake und zog seine Hand aus dem Wasser. Er schüttelte sie, um die Nässe wenigstens teilweise loszuwerden, und nahm den Hörer ab.

„Hallo“, meldete er sich schroff.

Stille.

„Hallo“, wiederholte er noch gereizter.

In der Leitung erklang eine blecherne Stimme: „Mit dem Signalton wird es 19.35 Uhr . . .“

Der Knall der zufallenden Badezimmertür übertönte den Rest der Mitteilung. Der Raum war nunmehr in vollkommene Dunkelheit gehüllt. Drake hörte, wie das elektronische Schloß zuschnappte.

„Was zum . . .?“

Er hängte den Hörer wieder ein und wandte sich dann der Tür zu, um nach dem Schlitz für die elektromagnetische Türöffnung zu tasten. Er zog seine Karte hervor, fuhr durch das Schloß, betätigte den Griff – nichts rührte sich.

„Verdammt!“ fluchte Drake. „Da hilft wohl nur noch die altmodische Methode.“

Er zog einen Schlüsselbund aus der Hosentasche und ertastete den schweren Gegenstand, den er benötigte. Nachdem er die passende Öffnung an der Tür gefunden hatte, schob er den Schlüssel hinein und . . .

Ein Feuerball fuhr fauchend durch den Raum.

Der Blitz versengte Drakes Haare, blendete seine Augen und löschte in der nächsten Sekunde sein Leben aus.

Sein Körper wurde rückwärts durch die Dunkelheit geschleudert und brach in den berstenden Badezimmerspiegel.

Dann war es vorüber. Von Splittern übersät lag Benjamin Drake rücklings in der Nässe des überfluteten Fliesenbodens: Hände und Arme wie flehend von sich gestreckt, der Körper regungslos. Über ihm glühte nur noch ein winziger Punkt in der Dunkelheit. Das rote Licht des Computerauges.

# 2

Halloween kam näher, und ein Kürbiskopf aus Plastik stand in der Kantine des FBI-Hauptquartiers. Special Agent Jerry Lamana starrte ihn an, die Fratze grinste zurück – und der Kürbis war derjenige, der den intelligenteren Eindruck machte.

*Einen* cleveren Coup hatte Lamana jedoch beim FBI gelandet: ein Jahr lang war er der Partner von Special Agent Fox Mulder gewesen. Jerry blickte gern auf dieses Jahr zurück, in dem er daran teilhaben durfte, wirkliche Fälle auch wirklich zu lösen. Und darum war er heute auch in die Kantine gekommen: er wollte Fox Mulder suchen.

Im Moment jedoch konnte er den Blick nicht von den Pralinen abwenden, mit denen der Kürbiskopf gefüllt war – obwohl er wußte, daß sie Gift für ihn waren. Nach dem Ergebnis seines letzten Gesundheitschecks hatte er fünfzehn Pfund Übergewicht.

Trotzdem ... ein Bonbon würde ihm schon nicht schaden. Schließlich konnte er einen kleinen Energieschub vertragen.

Seine Hand fuhr in den Behälter und kam mit einer Ladung Pralinen wieder hervor. Schnell schob er eine in den Mund und ließ die anderen in die Tasche seines

Jacketts fallen. Man konnte nie wissen, wann man so einen Muntermacher brauchen würde – in diesem Job jagte immerhin ein Ernstfall den anderen. Manchmal wünschte Jerry, er hätte sich als Kind nicht so viele Polizeiserien im Fernsehen angesehen . . . dann wäre er wohl in einer anderen Branche gelandet. Doch Jerry hatte schon zu viel Zeit beim FBI verbracht, um jetzt noch auszusteigen.

Er sah sich in der Kantine um. Sein Blick streifte über Agenten, die sich mit Wurfpfeilen übten, Kaffee schlürften oder ihr Mittagessen aßen. Sein Gesicht leuchtete auf, als er Mulder entdeckte.

Fox Mulder und seine Partnerin, Special Agent Dana Scully, standen am Buffetwagen und waren dabei, ihr Mittagessen zusammenzustellen.

Mulder drehte sich um, als eine Stimme durch den Raum donnerte: „Mulder!“

Der Agent setzte ein gezwungenes Lächeln auf, nachdem er erkannt hatte, wer ihn da rief. „Hey, Jerry“, sagte er matt. „Schön dich zu sehen.“

Erwartungsvoll griente Jerry zurück – und Mulder mußte an einen kleinen Hund denken, der eifrig mit dem Schwanz wedelt.

Dann wandte sich Jerrys Scheinwerferlächeln Scully zu. Er streckte seine Hand aus.

„Dana Scully, stimmt’s?“ dröhnte er, während sie die Hände schüttelten. „Ich bin Jerry Lamana. Mulder hat Ihnen bestimmt von mir erzählt.“

„Nett Sie kennenzulernen“, antwortete Scully unverbindlich. Sie hob die Augenbrauen und blickte fragend in Mulders Richtung.

„Jerry und ich haben zusammen in der Abteilung für Gewaltverbrechen gearbeitet“, erklärte Mulder.

„Hey, was heißt hier *zusammen gearbeitet*?“ sagte Jerry aufgeräumt. „Wir haben mehr als nur *zusammen gearbeitet*. Wir waren echte Partner. Nicht wahr, Partner?“

„Ja, natürlich, sicher“, lenkte Mulder ein, während er äußerst interessiert seinen Salat beäugte.

Inzwischen hatte Scully ein Thunfischsandwich mit Vollkornbrot ausgewählt.

Der Mann, der den Buffetwagen durch die Halle schob, warf einen Blick auf das Tablett, das sich Mulder und Scully teilten. „Das macht Acht Fünfzig“, sagte er.

„Ich bin dran, Mulder“, meinte Scully und öffnete ihr Portemonnaie.

Schnell zog Jerry seine Brieftasche hervor. „Ich zahle euch beiden das Essen“, verkündete er und fischte einen Zehner aus der Börse. Er klatschte ihn auf den Buffetwagen, als handele es sich mindestens um einen Hunderter.

„Ja, äh . . . danke.“ Erneut blickte Scully verdutzt zu Mulder hinüber.

Doch Mulder schien keineswegs überrascht.

„Probleme mit einem Fall, Jerry?“ fragte er sanft.

„Nun, es ist so –“, begann Jerry. Dann machte er eine Pause und blickte sich um. „Paß auf, könnten wir das vielleicht unter vier Augen besprechen?“

„Wir können in mein Büro gehen“, brummte Mulder bereitwillig, während er ein tiefrotes Tomatenstückchen aufspießte.

„Gute Idee“, erklärte Jerry. Er wandte sich an Scully. „Natürlich sind Sie herzlich willkommen, sich uns anzuschließen. Drei Köpfe denken besser als zwei.“

„Mach ich gern“, nickte Scully, die allmählich neugierig wurde.

Mit großer Geste zog Jerry ein paar Pralinen aus der Tasche: „Ich kann euch sogar Nachtisch anbieten . . .“

Als die drei Mulders Büro im Tiefgeschoß des Gebäudes betraten, schüttelte Jerry den Kopf. „Konnte nie verstehen, warum die da oben dich hier runterverfrachtet haben“, kommentierte er. „Einen klugen Jungen wie dich.“

Dann blickte er sich in Mulders Büro um und schüttelte erneut den Kopf. „Hab auch nie verstanden, wie du inmitten von all diesem Wirrwarr arbeiten kannst . . . Ich brauche meine Arbeitsunterlagen sauber und geordnet.“

„Manche der Fälle, die ich bearbeite, sind eben – unschön“, sagte Mulder in der Erwartung, daß Jerry nun zur Sache kam.

„Den Fall, den ich gerade untersuche, könnte man

auch als unschön bezeichnen“, erwiderte dieser prompt. „Ihr habt vielleicht davon gehört. Der Boß der Eurisko-Corporation wurde gebraten in seinem Büro gefunden. Todesursache war Elektroschock.

„Es war kein Unfall?“ fragte Scully.

Jerry hob die Schultern. „Sieht nicht danach aus ... Scheint mehr so eine Art ausgefuchster Trickfalle gewesen zu sein. Aber wir wissen noch nicht, wie sie funktioniert oder wer sie installiert haben könnte. Der Haustechniker fand die Leiche vor gerade mal zwölf Stunden.“

„Warum beschäftigt sich das FBI mit dem Fall?“ wollte Mulder wissen.

„Eurisko hatte einige Verträge mit der Regierung“, erläuterte Jerry. „Die nationale Sicherheit steht vielleicht auf dem Spiel.“

„Sprechen wir von Waffentechnologie?“ Mulder runzelte die Stirn.

„Nicht nach unseren Informationen. Natürlich weiß man das nie so genau. Aber es könnte sich genausogut um andere Regierungsdinge handeln. Computerprogramme werden heutzutage schließlich für alles Mögliche eingesetzt.“

„Wer leitet die Untersuchung?“ erkundigte sich Scully.

„Kennt ihr Nancy Spiller?“ lautete Jerrys Gegenfrage.

„Die Dozentin für Gerichtsmedizin an der FBI-Akademie?“ Scully war überrascht. „Unser offizieller Guru, was den Tod und alle seine Ursachen betrifft?“

„Genau die“, bestätigte Jerry grimmig.

„Ich erinnere mich an die Zeit, als ich ihren Kurs belegt hatte“, bemerkte Scully. „Wir nannte sie damals die Eiserne Jungfrau.“

„Das war zu ihren besseren Zeiten“, seufzte Jerry. „Ein Fehler, und ihre Spitzen durchbohren dich. Nun, sie stellt das Team in dieser Sache zusammen und –“

Er hielt inne, räusperte sich und sah Mulder direkt in die Augen. „Nachdem sie mich zugeteilt hatte, war ich so frei, auch deinen Namen vorzuschlagen.“

Mulder versteifte sich. „Sieh mal, Jerry, ich würde dir ja gerne helfen. Aber wir unterliegen nicht den allgemeinen Zuteilungsbestimmungen. Agent Scully und ich sind für spezielle Ermittlungen vorgesehen.“

„Ja, ich weiß“, meinte Jerry geknickt. „Die X-Akten. Der Bereich, dem du dich nach unserer Zeit zugewandt hast . . . Ich erinnere mich, daß du damals sagtest, dies wäre wohl kaum eine Sache für mich.“

„Wie du schon richtig bemerkt hast, wir sind einfach verschiedene Typen“, sagte Mulder beschwichtigend. „Ordentlich und chaotisch. Du warst besser für die Gewaltverbrechen geeignet. Die sind meistens auf der – saubereren Seite angesiedelt. Du weißt schon, nett und ordentlich.“

„Dieses hier aber nicht.“ So leicht war Jerry nicht abzuwimmeln. „Schau mal, Mulder, ich bitte nicht gerne um den Gefallen – aber ich brauche deine Hilfe. Ich will diese Sache nicht vermasseln."

„Das wirst du schon nicht, Jerry", entgegnete Mulder übertrieben munter und hoffte, daß er überzeugter klang, als er es tatsächlich war.

„Diese Sache ist zu groß für mich, um etwas zu riskieren. Der Tote, Benjamin Drake, war nicht einfach Vorstandsvorsitzender einer großen Firma. Er war ein guter Freund des Justizministers. Es wäre eine große Chance für mich, diesen Mörder zu fassen . . . Und glaub mir, ich könnte sie brauchen."

„Jerry, ich würde dir wirklich gerne helfen, aber –"

„Komm schon, Mulder", unterbrach ihn Jerry mit dem Augenaufschlag eines traurigen Cocker Spaniels. „Hab doch ein Herz. Um der alten Zeiten willen."

Scully schmunzelte, als sie Mulder zögern sah. Sie wußte, daß er an keinem Bettler vorbeigehen konnte, ohne nicht ein paar Münzen loszuwerden, daß er kein hilfloses Vogelküken sehen konnte, ohne den Versuch zu starten, es ins Nest zurückzubefördern.

„Nun ja, keine Versprechen", lenkte Mulder ein. „Aber ich werde sehen, was ich tun kann."

Er warf Scully einen Blick zu.

„Was *wir* tun können", fügte er mit bedeutungsvollem Unterton hinzu.

# 3

Am nächsten Morgen standen Mulder und Scully auf dem Platz vor dem Eurisko-Gebäude und ließen ihre Blicke an den verglasten Wände hinaufgleiten. Das Sonnenlicht gleißte auf seiner schimmernden Oberfläche, blauer Himmel und vorbeiziehende weiße Wolken spiegelten sich in den Fenstern.

„Wow!“ staunte Scully blinzelnd. „Das ist genau der richtige Ort für Sie, Mulder. Sieht aus, als wäre es geradewegs aus dem Weltall gekommen.“

„Nicht ganz. Es kam aus dem Cyberspace“, entgegnete Mulder. „Ein Haus, das allein von Software entworfen wurde. Und soviel ich gelesen habe, wird es auch von Software in Schuß gehalten. Es gab da diesen Artikel in einem der Computermagazine. Der Titel lautete sinnigerweise: *Hochtechnologie ragt hoch in den Himmel*. Wie es scheint, wird das gesamte Gebäude von einem riesigen Computer verwaltet.“

„Wäre mal interessant, das zu besichtigen, aber . . .“ Scully schüttelte den Kopf.

„Sehen wir uns die Sache von innen an“, schlug Mulder vor. „Es wird Zeit, Jerry unter die Arme zu greifen.“

„Weihen Sie mich ein, Mulder“, begann Scully, als

sie sich dem Eingang näherten. „Warum haben Sie und Jerry sich getrennt?"

„Weil man mit mir nicht zusammenarbeiten kann", meinte Mulder ungerührt.

„Mulder, im Ernst . . ."

„Ist es nicht so?"

„Rücken Sie schon raus damit, Mulder." Scully ließ sich nicht beirren.

Doch bevor er antworten konnte, mußten sie der Wache ihre Ausweise präsentieren. Als sie durch die Tür gewunken wurden, fuhr Mulder fort: „Sagen wir mal, Jerry und ich hatten unterschiedliche Berufsziele. Jerry wollte ein Büro im Obergeschoß des Hauptquartiers."

„Und Sie?"

„Ich hatte eins ohne Fenster und Heizung ganz unten im Keller im Auge."

„Ich weiß, was mit Ihnen passiert ist", erwiderte Scully sanft. „Aber was war mit Jerry?"

„Jerry hatte etwas Pech drüben in Atlanta", erklärte Mulder. „Er ermittelte in einer Serie von rassistisch motivierten Gewaltakten."

„Was für eine Art von Pech?"

„Wie es aussieht, hatte er ein Beweisstück, naja . . . verlegt. Bevor man es wiederfinden konnte, hatte ein Bundesrichter beide Hände und sein rechtes Auge verloren. Das war wohl ein Rückschlag für Jerry."

„Ich verstehe, worauf Sie hinauswollen . . . Kein Büro ganz oben, hm?"

„Ich glaube, man fand irgendwo eine Kammer für ihn“, nickte Mulder finster. „Sie entfernten vorher ein paar Besen, um Platz zu schaffen.“

Mittlerweile hatten sie die vor Marmor funkelnde Eingangshalle durchquert und näherten sich den Aufzugsschächten. Mulder betätigte den *Aufwärts*-Knopf: Es klingelte laut, und die rostfreie Stahltür öffnete sich mit einem anmutigen Zischen.

Auch das Innere des Aufzugs war mit glänzendem Stahl ausgekleidet. Scully ließ ihren Blick über die senkrechte Reihe von Tasten wandern. Dann drückte sie die 30, und die Tür schloß sich mit einem abermaligen Fauchen.

„Aufwärts“, meldete eine mechanische Stimme, während sich der Lift sanft in Bewegung setzte.

„Erster Stock ... zweiter Stock ... dritter Stock“, teilte die Stimme mit. „Vierter Stock ... fünfter Stock ...“

Plötzlich, ohne jede Vorwarnung, hielt der Lift mit einem heftigen Rucken. Das unerwartete Bremsmanöver warf Scully zu Boden.

Als Mulder ihr aufhalf, bemerkte sie mit einem schiefen Grinsen: „Dies mag ja High Tech sein, aber die Feinabstimmung läßt wohl noch etwas zu wünschen übrig. Was machen wir nun? Warten wir auf die Kavallerie?“

Mulder blickte sich um. Aus einem Winkel der Decke sah das rote Licht eines Kameraauges auf sie herab.

„Keine Sorge“, sagte er und nickte zur Kamera hoch. „Der Große Bruder sieht alles. Dieser Lift hat ein visuelles Sicherheitssystem. Sobald uns jemand entdeckt hat, wird man ihn wieder in Bewegung setzen.“

„Aber wann?“ Scully klopfte ihre Sachen ab. „Die Kamera mag zwar immer aktiv sein, aber schließlich muß auch jemand vor den Bildschirmen sitzen. Arbeitende Menschen haben die schlechte Angewohnheit, Kaffeepausen einzulegen.“

„Ja, natürlich muß man immer mit menschlichem Versagen rechnen. Ohne diesen Faktor wäre High Tech wohl perfekt.“

„Ich denke, wir sollten die Sache am besten selbst in die Hand nehmen“, beschloß Scully. Sie drückte ein paar Knöpfe auf der Schaltfläche und hoffte, den Lift zu irgendeiner Bewegung veranlassen zu können.

„Keine Chance“, lenkte sie schließlich ein. Dann jedoch bemerkte sie eine Klappe mit der Aufschrift *Notfall*. Sie öffnete sie und fand einen Telefonapparat.

Scully hatte kaum den Hörer an ihr Ohr gehoben, als eine mechanische Stimme erklang: „Hallo. Ich bin hier, um Ihnen zu helfen. Bitte nennen Sie mir Ihren Namen.“

„Ich bin Special Agent Dana Scully“, antwortete sie zögernd. „FBI.“

„Bitte nennen Sie den Grund Ihres Anrufs“, knarrte die Stimme – doch da setzte sich der Lift wieder in Bewegung.

„Bitte nennen Sie den Grund Ihres Anrufs", verlangte die Stimme erneut.

„Nun . . . wie es aussieht, ist alles wieder in Ordnung. Trotzdem danke."

Leicht ratlos legte sie auf und wechselte einen Blick mit Mulder, der die Sache mit einem Achselzucken abtat.

Als sich die Aufzugstür schließlich öffnete, war Jerry bereits zur Stelle. Er strahlte über das ganze Gesicht.

„Irgendwas entdeckt?" fragte Mulder, während sie sich dem Büro von Benjamin Drake näherten.

„Und wie!" Jerry warf sich in die Brust und führte Mulder und Scully schnurstracks zu einer offenen Stelle in der Wandvertäfelung des Raums, hinter der sich die elektronischen Schaltkreise befanden.

„Seht her – jemand hat sich an diesem Schalter zu schaffen gemacht und die positive Ladung mit einer negativen vertauscht. Die Garantie für einen ziemlichen Stromschlag . . . Und schaut euch das an."

Jerry zeigte ihnen ein Kabel, das von der Platine geradewegs zum Schloß der Badezimmertür führte.

„Als Drake den Schlüssel da reinsteckte – finito", bemerkte Jerry und deutete dabei auf das Stück Metall, das noch im Schloß steckte.

„Gute Arbeit, Agent Lamana", murmelte Scully anerkennend.

„Wußte gar nicht, daß du so ein Technik-Experte

bist, Jerry“, meinte Mulder mit hochgezogenen Augenbrauen.

„Naja, eigentlich hat mir so ein Kerl von der Haustechnik hier die kleineren Details erklärt“, gab Jerry zu und fuhr sich verlegen durchs Haar. „Der Name ist Peterson. Irgend so ein Wartungsmann.“

„Kann man den Schlüssel mittlerweile berühren?“ fragte Scully. „Ich würde gern einen Blick darauf werfen.“

„Keine Chance, das Ding da rauszukriegen. Ist mit dem Schloß verschmolzen.“ Jerry schüttelte den Kopf. „Braucht ganz schön viel Saft, um einen Stahlschlüssel zerlaufen zu lassen.“

„Und um einen Hundertachtzig-Kilo-Mann zehn Fuß weit zurückzuschleudern“, fügte Scully gedankenverloren hinzu, während sie die weiße Markierung musterte, die den Umriß eines Körpers am Boden nachzeichnete. Über dem Waschbecken hingen die Scherben, die von dem zersplitterten Spiegel übriggeblieben waren.

Inzwischen hatte sich Mulder wieder der Platine zugewandt.

„Der Schalter hier, wurde er von einer menschlichen Hand betätigt?“ wollte er wissen.

Jerry kratzte sich am Kinn. „Nun, wir fanden keine Fingerabdrücke.“

„Aber *könnte* es so gewesen sein?“ beharrte Mulder.

„Äh . . .“ stammelte Jerry und fuhr sich auf der

Suche nach irgendeiner Antwort erneut nervös durch die Haare.

Eine Stimme vom Eingang erlöste ihn.

„Natürlich könnte er manuell betätigt worden sein“, sagte die Stimme. Sie hatte den Klang von Autorität.

# 4

Der Mann auf der Türschwelle war kräftig gebaut. Sein heller Sommeranzug stand in schmuckem Kontrast zu seiner schwarzen Haut, und er sah so kühl und kompetent aus, wie der Klang seiner Stimme erwarten ließ.

Jerry stellte ihn vor: „Das ist Claude Peterson, der Systemtechniker für das Gebäude. Er hat die Leiche gefunden.“

„Sie sagen, daß jemand die elektronische Falle manuell bedient haben könnte?“ vergewisserte sich Mulder.

„Theoretisch ist das schon möglich“, kam die Antwort. „Allerdings müßte man zuvor das COS außer Kraft setzen.“

„Das COS?“

„Das Central Operating System, das die Elektronik in unserem Komplex steuert.“

„Und dieses COS regelt alle Vorgänge hier?“ wollte Scully wissen.

„Den ganzen Laden, ja“, bestätigte Peterson. „Es koordiniert alles, vom Licht über die Aufzüge bis zur Wasserspülung der Toiletten.“

Mulder lächelte. „Das paßt gut zum Image von Eurisko. Wie lautet dieser Werbespruch noch mal? *Kein Problem ist so groß oder so klein, als daß wir es nicht lösen könnten.*"

„Brad Wilczek hat das geschrieben", erläuterte Peterson. „Genau betrachtet gibt es nichts bei Eurisko, das nicht seinen Stempel trägt."

„Einschließlich dem COS, nehme ich an."

„Ganz besonders das COS ... Es war sein spezielles Steckenpferd. Er bestand darauf, daß das Gebäude bei der Errichtung damit ausgestattet wurde, egal wie hoch die Kosten sein würden. Er betrachtet es als Pilotprojekt für Systeme, die einmal vom Bungalow bis zum World Trade Center alles steuern sollen."

„Wenn ich das richtig sehe, ist Wilczek also der Kopf von Eurisko", kommentierte Scully.

„*War* der Kopf", korrigierte sie Peterson mit einer verhaltenen Kopfbewegung. „Eurisko und er gingen nach dem letzten Aktionärstreffen getrennte Wege. Wilczek und Drake hatten eine Konfrontation, und Drake behielt die Oberhand. Ich bin überrascht, daß Sie darüber nichts gelesen haben. Die Sache war in den Schlagzeilen. Zumindest im *Wall Street Journal*."

„Das steht nicht auf meiner Leseliste, fürchte ich", entgegnete Scully ohne Umschweife.

„Auf meiner normalerweise auch nicht. Aber man muß solche Dinge verfolgen, wenn es um den eigenen Job gehen könnte. Wilczek wollte expandieren. Der verstorbene Mr. Drake wollte den Gürtel enger schnallen. Eine Menge Leute hier begannen zu schwitzen, als Drake das Kommando übernahm."

„Dann gab es also ziemlichen Aufruhr bei den Angestellten?" warf Mulder ein.

„Naja, nennen wir es Unbehagen . . ." Peterson lächelte entwaffnend.

„Und? Teilten Sie dieses . . . Unbehagen?"

„Sicher." Der große Mann hob die Schultern. „Ich bin auch nur einer der Mannschaft. Hier hat niemand mehr eine sichere Stellung, und ganz besonders ich nicht. Gerüchte besagen, daß das COS abserviert werden soll. Wenn das System geht, gehe ich wohl mit ihm . . . Ich muß zugeben, daß ich bereits Stellenanzeigen studiert habe."

„Ich nehme an, daß Sie als Systemtechniker das COS außer Kraft setzen könnten?" In Mulders Stimme schwang eine plötzliche Schärfe.

„Ich?" erwiderte Peterson keineswegs beleidigt und schüttelte bedächtig den Kopf. „Lassen Sie sich nicht von meinem Titel täuschen. Ich bin nur ein besserer Hausmeister. Alles was ich tue, ist, das System zu kontrollieren, mich seiner korrekten Funktion zu vergewissern. Genauso bemerkte ich auch die Überlastung der Elektrik in diesem Büro, und als ich dann nachsehen ging, fand ich . . ." Er hielt inne und verzog das Gesicht.

„Ich schätze, daß man zum Deaktivieren des COS überdurchschnittliche Fachkenntnis benötigt?" vermutete Mulder wieder in einem etwas ruhigeren Tonfall.

„Nun, zu allererst müßte man den Zugangscode knacken, und das –“, meinte Peterson und machte eine kurze Pause, um nachzurechnen. „Naja, sagen wir, es wäre nicht einfach.“

„Wir brauchen eine Liste aller Personen, die dieses Wissen besitzen. Können Sie das für uns erledigen?“

„Sicher.“ Peterson nickte zuvorkommend. „Aber ich kann Ihnen gleich sagen, es wird eine ziemlich kurze Liste.“

Nach einer kleinen Bedenkpause fügte Mulder hinzu: „Eins noch. Überwacht das COS auch die Telefonleitungen?“

„Natürlich. Wilczek wollte ein lückenloses System.“

„Protokolliert es sowohl ein- wie auch ausgehende Anrufe?“

„Ja, das tut es“, bestätigte der Haustechniker. Verwundert kräuselte er die Stirn. „Warum?“

„Ach ... bin nur neugierig“, wehrte Mulder ab, während seine Gedanken ganz offensichtlich schon andere Wege gingen.

„Tja, dann ... Kann ich jetzt gehen?“ fragte Peterson nach einem Moment des höflichen Zögerns. „Ich muß die Lüftung im zehnten Stock überprüfen. Ihr Kollege hat meine Aussage, und ich habe ihm auch die Nummern meines Piepsers hier im Haus sowie meines privaten Telefons gegeben.“

„Wenn wir Sie brauchen, melden wir uns“, meinte Jerry und nickte wohlwollend.

Sobald Peterson gegangen war, wandte er sich an Mulder: „Warum hast du nach dem Telefon gefragt?"

„Weil das im Waschraum abgehoben wurde."

Jerry warf einen Blick in das Badezimmer und mußte überrascht zugeben: „Ja, stimmt. Das wurde es. Nun . . . äh, ich wollte gerade all diese Dinge überprüfen, als ihr beide aufgetaucht seid."

„Vielleicht hat Drake mit jemandem gesprochen, kurz bevor er dann Ben Franklin spielte", sinnierte Mulder.

Jerry blinzelte ihn verständnislos an.

„Du weißt schon, Ben Franklin und sein Drachen", erklärte Mulder. „Der Schlüssel am Ende der Leine. Der Blitzschlag."

„Natürlich. Sicher. Alles klar." Jerry warf Scully ein breites Grinsen zu und schlug Mulder jovial auf die Schulter. „Lehrte ihn alles, was er weiß."

„Alles was Sie wissen, hm, Mulder?" spöttelte Scully, nachdem Jerry das Büro verlassen hatte.

# 5

Am darauffolgenden Nachmittag traf Scully ihren Partner in seinem Büro an, als er gerade fieberhaft die Unterlagen auf seinem Schreibtisch durchwühlte.

Es waren Berge, die dabei bewegt werden wollten. Bücher, Broschüren, Magazine, Folder und diverse andere Gegenstände bedeckten die gesamte Arbeitsfläche.

„Irgendwas verloren?“ fragte Scully mit unverhohlener Schadenfreude.

„Meine Notizen von der Eurisko-Ermittlung“, brummte Mulder abwesend und ließ nicht von seiner Suche ab.

„Vielleicht würde es helfen, wenn Sie Ihren Schreibtisch mehr als einmal jährlich aufräumten,“ bemerkte Scully mit einem boshaften Glitzern in den Augen. „Oder zumindest einmal alle zehn Jahre?“

„Ich sage Ihnen: die Notizen waren genau hier!“

„Keine Zeit, jetzt nach ihnen zu suchen, Mulder. Es ist schon nach drei. Wir sind spät dran.“

„Na schön“, seufzte er und folgte Scully aus dem Büro und durch den Korridor.

Im Konferenzraum saßen bereits ein Dutzend Agenten um einen großen Tisch versammelt. Am Kopfende residierte Special Agent Nancy Spiller – und Scully lächelte ihrer alten Lehrerin zu, als sie und Mulder hastig auf den verbliebenen freien Stühlen Platz nahmen.

Spiller erwiderte das Lächeln mit einem Gesichtsausdruck, den man bestenfalls als neutral bezeichnen konnte.

„Schön, daß Sie beide uns Gesellschaft leisten können", sagte sie kühl. „Sie kommen gerade rechtzeitig zu Agent Lamanas Bericht."

Jerry Lamana blickte Mulder und Scully nicht an. Seine Augen waren starr auf die Blätter vor sich geheftet.

„Sowohl die statistisch gesehene Seltenheit von Elektroschocks als Mordmethode als auch die Komplexität des Verbrechens selbst belegen, daß es sich um einen äußerst ungewöhnlichen Killer handeln muß", las Jerry. „Schließlich gibt es viele weitaus einfachere Methoden, jemanden ins Jenseits zu befördern."

Mit wachsendem Erstaunen sah Scully zu Mulder hinüber, der mehrmals ungläubig den Kopf schüttelte, während er den Worten von Jerrys Profil weiter lauschte. Ihre Augen leuchteten auf, als ihr bewußt wurde, was hier gespielt wurde.

„All das führt zu der Überlegung, daß es sich bei unserem Mörder um jemanden handelt, der sein ganz eigenes Spiel betreibt", führte Jerry aus und klang mit jedem Wort ruhiger und selbstbewußter.

Inzwischen war es Mulder gelungen, sich zu sammeln. Doch sein Mund blieb zusammengezogen, als hätte er soeben eine bittere Pille geschluckt.

„Vielleicht ist der Täter ein Einzelgänger", setzte Jerry selbstgefällig fort. „Letztlich hat er die Falle so gesetzt, daß er nicht nur vor Entdeckung sicher war, sondern auch keinen direkten Kontakt mit dem Opfer haben mußte."

Scully hielt es nicht mehr aus. Flugs beugte sie sich zu Mulder herüber und flüsterte ihm ins Ohr: „Mulder, ist das Ihr Profil?"

Mit finsterer Miene wandte er sich ihr zu, und seine Lippen formten die lautlosen Worte: „Vergessen Sie's."

Unterdessen hatte Jerry eine Kassette in ein Abspielgerät auf dem Konferenztisch gesteckt. „Der Anruf, den Drake kurz vor seinem Tod erhielt, belegt diese Theorie", erklärte er und drückte auf den Start-Knopf.

„Mit dem Signalton wird es 19.35 Uhr", verkündete eine mechanische Stimme.

„Drakes geschätzte Todeszeit", fügte Jerry hinzu und schaltete das Gerät wieder ab.

Interessiert lehnte sich Spiller vor. „Warum sollte Drake nach der Zeit fragen, kurz bevor er starb?" fragte sie mit blitzenden Augen.

„Es handelt sich um einen ankommenden Anruf – irgendwo aus dem Inneren des Eurisko-Gebäudes selbst", gab Jerry zur Antwort. Er machte eine dramatische Pause. Als er sicher war, daß ihm jeder zuhörte, fuhr er fort: „Der Mörder wollte sicher gehen, daß

Drake den Köder schluckte. Zugegeben ein brillantes Manöver."

„Und eine brillante Analyse", bekräftigte Spiller – mit einer winzigen Spur von Wärme in der Stimme. „Ausgezeichnete Arbeit, Agent Lamana."

Jerry tat sein Bestes, bescheiden auszusehen. „Ich mache doch nur meinen Job . . ."

Doch nach dem Meeting hatte Jerry eine schwierigere Aufgabe vor sich. Er mußte sich Mulder stellen.

„Was zum Teufel tust du hier eigentlich?" fauchte Mulder, während er Jerry in die Ecke neben einen Wasserautomaten drängte.

„Hey, alter Partner, reg dich doch nicht auf . . ." Jerry hob beruhigend die Hände.

„Verdammt, das waren *meine* Unterlagen!"

„Ich dachte, es macht dir nichts aus", erwiderte Jerry leichthin und brachte sogar ein verschwörerisches Grinsen zustande. „Ich meine, es bleibt doch in der Familie."

Mulder öffnete den Mund, doch ihm fehlten die passenden Worte. Währenddessen äugte Jerry nervös den Gang entlang, um sich zu vergewissern, daß niemand ihr Gespräch hören konnte.

Dann wandte er sich wieder an Mulder und haspelte: „Abgesehen davon – es waren ohnehin nur Notizen. Wenn du genau zugehört hast, mußt du zugeben, daß ich all die Lücken gefüllt habe."

„Jerry, du bist in mein Büro geschlichen und hast

meine Arbeit gestohlen . . ." Mulder konnte es immer noch nicht glauben.

„Sieh mal", meinte Jerry und klopfte Mulder besänftigend auf den Arm, „du bist nur an diesem Fall beteiligt, weil ich dich gebeten hatte, mir zu helfen. Und das hast du getan. Mir geholfen. Wo also ist das Problem?"

Mulder seufzte gottergeben. „Entschuldige, Jerry. Ich hätte mich nicht aufregen sollen. Es ist nur schon eine Weile her, daß wir zusammengearbeitet haben. Ich hatte ganz vergessen, wie das ist."

„Ist schon okay, Mulder, ist schon okay . . . Hey, ist doch toll wieder so als Team, oder? Ganz wie in alten Zeiten." Und mit diesen Worten eilte er davon.

Kopfschüttelnd sah Mulder ihm nach.

„Was hat Jerry gesagt?" wollte Scully wissen, die mittlerweile nachgekommen war.

Mulder drehte sich um und zuckte die Achseln. „Er hat sich entschuldigt – auf seine spezielle Weise."

„Hm?" Scully hob die Augenbrauen.

Mulder beschloß, das Thema zu wechseln. „Und? Neue Erkenntnisse zu dem Fall?"

„Ich habe gerade mit Peterson telefoniert, dem Systemtechniker. Er gab mir die Liste von Personen durch, die einen COS-Zugriffscode besitzen." Sie reichte ihm ein Stück Papier.

Er warf einen flüchtigen Blick darauf und schluckte. „Nur ein Name? Brad Wilczek?"

„Er sagte ja, es sei eine kurze Liste“, rief ihm Scully ins Gedächtnis. „Und ich habe ein wenig in der Finanzpresse nachgelesen. Der Haß von Wilczek auf Drake sorgte in den letzten Wochen buchstäblich für Schlagzeilen.“

„Wilczek als Mörder von Drake ... das ergibt Sinn“, überlegte Mulder laut. „Aber das ist auch das Problem. Es macht zu *viel* Sinn. Nur ein Verrückter würde so etwas Offensichtliches tun.“

Scully sah Mulder direkt in die Augen. „Und das bedeutet, daß Jerrys exzellentes psychologisches Profil des Killers genau ins Schwarze trifft“, bemerkte sie trocken. „Sie sollten ihm wirklich gratulieren.“

„Das werde ich – sobald wir Mr. Wilczek überprüft haben.“

# 6

„Schöne Gegend." Entspannt zurückgelehnt blickte Scully aus dem Wagenfenster. Sie und Mulder fuhren durch die grünen Wälder und die wogenden Felder des ländlichen Virginia.

„Man nennt es auch das Land der Pferde", erzählte Mulder. „Wahrscheinlich tut man das immer noch. Ich schätze, der hiesige Adel reitet nach wie vor mit seiner Meute aus und jagt Füchse."

„Ich hab so eine Ahnung, daß unser Verdächtiger keiner von denen sein dürfte", meinte Scully beiläufig, als sie den Wagen auf Wilczeks Haus zusteuerte.

„Und ich hab so eine Ahnung, Sie könnten recht haben . . ." Mulder betrachtete die glänzende, ultramoderne Fassade des Gebäudes am Ende der Einfahrt. „Das ist nicht gerade der durchschnittliche Bauernhof."

Nachdem Scully den Wagen hinter einem anderen Fahrzeug geparkt hatte, stiegen sie aus.

„Auch nicht schlecht." Scully beäugte das schnittige Gefährt. „57er Corvette. Top-Zustand. Muß eine schöne Summe gekostet haben."

Leicht vorgebeugt las Mulder das Nummernschild: „EURISKO 1." Mit den Fingerspitzen klopfte er auf die schimmernde Motorhaube und wandte sich dann wieder dem Haus zu. „Das ist es also, was man für einen IQ von 220 und eine Abfindung von vierhundert Millionen Dollar bekommt.“

„All das und den Himmel . . .“

„Einen High-Tech-Himmel“, präzisierte Mulder und deutete auf die Überwachungskamera, die ihnen über dem Eingang entgegenragte. Sie drehte sich mit jeder ihrer Bewegungen.

„Ich glaube nicht, daß wir unsere Ankunft mit der Türglocke melden müssen“, dachte Scully laut, als sie sich den Tasten neben der Tür zuwandte.

Ihre Finger waren kaum an der Klingel, als sich die Pforte auch schon öffnete.

Brad Wilczek stand in der Türöffnung – und er sah genauso aus, wie Scully ihn aus der Presse in Erinnerung hatte. Schmal, drahtig und etwas schmuddelig. Die intensive Ausstrahlung, die wie ein magnetisches Feld von ihm ausging, hatten die Fotos jedoch nicht einfangen können.

„Ja?“ Wilczeks Frage kam schnell und klar wie ein Funke in der Dunkelheit.

„Brad Wilczek?“

„Der bin ich.“

Scully zeigte ihm ihren Ausweis. „Wir sind vom FBI.“

„Was hat Sie so lange aufgehalten?“ erkundigte sich Wilczek mit einer Mischung aus Ungeduld und Verachtung.

Über ihre Schulter tauschte Scully einen schnellen Blick mit Mulder. Wilczek mochte viele Qualitäten haben, doch Bescheidenheit zählte offensichtlich nicht dazu.

„Kommen Sie rein“, fügte er hinzu, während er sich wieder dem Inneren des Hauses zuwandte. „Und ziehen Sie bitte Ihre Schuhe aus.“

Erst in diesem Moment wurde Scully bewußt, daß Wilczek barfuß war.

Er führte sie über marmorne Böden, vorbei an japanischen Wintergärten unter gläsernen Dächern, bis sie schließlich einen Raum erreichten, der von einem riesigen, stählernen Schreibtisch beherrscht wurde, auf dem ein wuchtiger Computer thronte.

Wilczek ließ sich daneben nieder und wies die beiden Agenten an, sich auf die zwei kühlen geschwungenen Stahlstühle ihm gegenüber zu setzen.

„Was kann ich für Sie tun?“ begann er, um dann, noch bevor Scully oder Mulder auch nur ein Wort sagen konnten, seine eigene Frage auch schon zu beantworten. „Ich nehme an, Sie möchten etwas über mein Verhältnis zu Benjamin Drake erfahren.“

„Wenn Sie uns darüber etwas erzählen wollen“, bestätigte Scully mit einem leichten Kopfneigen.

„Sie können die Leute der Computerindustrie in zwei Gruppen einteilen“, erläuterte Wilczek und legte die Fingerspitzen aneinander. „Gepflegt und salopp. Nun, wahrscheinlich läßt sich die ganze Welt so einteilen.“

„Und ich nehme an, daß Sie Drake der ersten Kategorie zuweisen würden“, schloß Scully. Während sie sprach, warf sie einen Blick zu Mulder hinüber. Sie bemerkte, daß er zustimmend nickte, und erahnte einen Funken von Verständnis in seinen Augen. Wie sie bereits vermutet hatte, befanden sich er und Wilczek auf derselben Wellenlänge.

„Gepflegte Leute mögen die Dinge gepflegt“, fügte Wilczek hinzu, und sein Tonfall wurde schärfer. „Sie tragen gepflegte Anzüge. Sie arbeiten am liebsten mit Dingen, die man sauber addieren oder subtrahieren kann. Dinge wie Marktanteile oder quartalsmäßige Profite oder persönliche Vergütungen.“

„Und Sie hatten eine andere Vision für Ihre Firma“, vermutete Scully.

„Ich gründete Eurisko in der Garage meiner Eltern.“ Stolz schwang in Wilczeks Stimme mit. Stolz – und eine Spur von Wehmut, daß diese Zeit für immer vorüber war. „Ich war zweiundzwanzig. Ich hatte gerade ein Jahr damit verbracht, den *Grateful Dead* durchs Land zu folgen. Mein Geist war weit geöffnet, und ich konnte das ganze Universum hineinströmen fühlen.“

Sofort hatte Scully das Bild, das Wilczek entwarf, plastisch vor Augen. Sein Haar mochte etwas dünner geworden sein, sein Gesicht mochte ein paar Falten aufweisen. Doch der zweiundzwanzigjährige Junge und seine Vision waren in jedem seiner Worte, in jeder seiner Gesten lebendig.

Wilczek machte eine kleine Pause und fragte dann: „Wissen Sie, was *eurisko* bedeutet?"

Mulder räusperte sich. „Das ist griechisch, nicht wahr?" erwiderte er. „Es bedeutet: Ich lerne."

Überrascht blickte ihn Wilczek an und signalisierte etwas widerwillig seine Zustimmung. „Beinah richtig . . . Aber eigentlich bedeutet es: Ich entdecke."

Mit diesen Worten stand Wilczek auf. Sein Mund verzog sich, und er fuhr fort: „Unglücklicherweise war Ben Drake an Entdeckungen nicht interessiert. Er war ein kurzsichtiges, machthungriges, habgieriges Wesen und hatte nur Interesse am großen Geschäft. Allem anderen gegenüber war er vollkommen blind."

„Könnten Sie etwas genauer werden?" hakte Scully nach. „Was für Dingen gegenüber war Benjamin Drake blind?"

„All den neuen Möglichkeiten, die der Einsatz von Computersoftware bietet." Wilczek spuckte die Worte geradezu aus. „Kleinstgeräte, künstliche Intelligenz, das Smart Home."

„*Smart Home*?"

Mit einer auffordernden Geste führte Wilczek die FBI-Agenten zu einem großen Wandschrank und öffnete ihn: dahinter kam ein riesiger Flachbildschirm zum Vorschein.

„Das ist der Prototyp eines Systems, das eines Tages in jedem neu errichteten Gebäude installiert werden wird", verkündete er. „Hier ist jede Tür erfaßt, alle

Fenster, Möbel, Rauchmelder, Glühbirnen, Wasserrohre, elektrische Leitungen, Kommunikationsverbindungen ... Diese Anzeige steht für Temperatur und Luftfeuchtigkeit. Die drei rot blinkenden Lampen dort zeigen unseren Standort an, und falls es noch weitere Bewegungen im Haus geben sollte, würde sie das System ebenfalls verzeichnen."

„Beeindruckend", meinte Scully nach einer kleinen Pause, und Mulder nickte zustimmend.

„Beeindruckend? Das will ich meinen. Dieser Ort ist so sicher wie Fort Knox, und der Energieverbrauch so effizient wie in einem durchschnittlichen Iglu."

„Wann wurde das System installiert?" Mulder war aufrichtig interessiert.

„*Vor drei Jahren*". Zorn sprach aus Wilczeks Stimme, während seine Halsadern wie Seile vortraten. „Eurisko war Microsoft und all den anderen sogenannten Software-Giganten um Jahre voraus. Und dann begann Ben Drake in einem typischen Anflug seiner Genialität die Finanzierung des Projekts zu kürzen."

Mulder gab Wilczek einen Moment, um sich zu beruhigen, dann kam er zur Sache: „Mr. Wilczek, steht dieses System in irgendeiner Beziehung zu dem des Eurisko-Hauptquartiers?"

„Sie meinen das COS? Natürlich. Das COS ist eine Variation von diesem System hier. Der einzige Unterschied ist die Größe, was es zu etwas noch Ausgefeilterem macht. Nachdem ich das COS entwickelt hatte, dachte ich, daß es jedem als erster Schritt in Richtung Zukunft erscheinen müßte.“ Wilczek holte tief Luft. „Aber Ben Drake hat mich eines Besseren belehrt.“

Beinahe brutal schlug er auf den Schalter des Monitors und starrte grimmig in den nun dunklen Schirm.

„Ihrer Meinung nach, Mr. Wilczek, wie viele Menschen kennen das System gut genug, um es zu überbrücken?“

„Ah, die Bonusfrage“. Der Wutanfall des Computerspezialisten war vorüber, und seine Stimme nahm einen fast genießerischen Klang an. „Ich hatte mich schon gefragt, wann Sie darauf zu sprechen kommen würden. Die Antwort ist – nicht viele.“

„Könnte jemand in das System eingebrochen sein? Ein Hacker?“

„Sicher nicht Ihr durchschnittlicher Computerfreak. Aber es gibt da draußen genügend Spinner. Talentierte Spinner. Datenreisende, Elektronikzauberer, Techno-Anarchisten. Selbst zweiundzwanzigjährige Kids, die Tag und Nacht in ihren Garagen basteln. Im Cyberspace ist alles möglich.“

Brüsk fiel Scully ihm ins Wort. „Könnten *Sie* es von außerhalb getan haben?“

„Natürlich“, antwortete Wilczek lächelnd. „Ich habe das System entwickelt. Das COS ist mein Baby.“

Und dann fügte er, immer noch lächelnd, hinzu: „Aber man könnte es auch anders ausdrücken. Man könnte sagen, das COS war vielleicht meine Tatwaffe.

Deshalb sind Sie hier, nicht wahr? Ich bin – logisch betrachtet – der Hauptverdächtige."

„Sie klingen aber nicht sehr besorgt", bemerkte Scully verdutzt.

„Es ist ein Puzzle, Ms. Scully. Typen wie ich mögen Puzzles und kühne Gedanken jenseits der ausgetretenen Pfade. Wir empfinden Vergnügen dabei, um neue Ecken zu gehen . . . Wir sagen gerne: *eurisko*."

Scully begann, sich zu dem Mann hingezogen zu fühlen. Es war schwer, ihn nicht sympathisch zu finden.

Wilczek schien ihre Gedanken zu erahnen.

„Und noch etwas gilt für Typen wie mich", fügte er unerwartet charmant hinzu. „In der Regel begehen wir keine Morde."

# 7

„Ich werde den Bericht über unseren heutigen Ausflug zu Hause schreiben", teilte Scully Mulder mit, als sie in sein Büro zurückgekehrt waren. „Dort ist es sicherer. Sie wissen schon, ruhiger."

„Jerry ist gar nicht so übel." Mulder hatte die Bedeutung ihrer Worte verstanden. „Er ist eben – Jerry."

„Kann sein . . . Sie kennen ihn besser als ich. Und dabei wollen wir es auch belassen."

„An Jerry muß man sich gewöhnen", stimmte Mulder zu, während er die Stapel auf seinem Schreibtisch hin- und herrückte. „Man muß sozusagen erst Geschmack an ihm finden."

„Genau – so wie an Fondue mit Thunfisch." Scully rang sich ein gequältes Grinsen ab. „Ich meine, wenn Sie ihn wieder als Partner möchten, will ich Ihnen nicht im Wege stehen."

„Wir sehen uns morgen." Mulder ignorierte den Wink und verschob schnaufend einen Berg von Aktenordnern. „Ich werde noch ein paar Nachforschungen über Brad Wilczek anstellen. Was unsere Liste an Verdächtigen betrifft, scheint er ja der einzige Spieler auf dem Feld zu sein."

„Sollten Sie fündig werden, würde ich an Ihrer Stelle die Tür zu Ihrem Büro verschließen", riet ihm Scully, als sie sich zum Gehen wandte. „Sie kennen ja die goldene Regel: Vertraue niemandem."

Als Scully den Tag noch einmal Revue passieren ließ, tat sie sich mit ihrer Analyse sowohl leicht als auch schwer.

Es war leicht zu glauben, daß Brad Wilczek der Mörder von Ben Drake war. Erstens hatte Wilczek ein Motiv: Er hatte Drake schon seit Jahren gehaßt, und Drakes Schlußstrich unter das COS-Projekt könnte der berühmte Tropfen gewesen sein, der das Faß zum Überlaufen gebracht hatte.

Zweitens war nur Wilczek die Durchführung der Tat überhaupt möglich gewesen. Wenn irgend jemand das COS im Eurisko-Gebäude zum Töten umprogrammieren konnte, dann war er es.

Schließlich und endlich hatte Wilczek die passende Persönlichkeit. Das Verbrechen war sichtlich das Werk eines Menschen, der gerne spielte. Für jemanden wie ihn war die Grenze zwischen Realität und Virtualität beinahe unsichtbar: er würde kaum einen Unterschied sehen zwischen einem Mord und einem Mausklick auf dem Computer.

Das Problem war jedoch, daß es vielleicht ein Kinderspiel sein mochte, Wilczeks Handschrift aus dem Verbrechen abzulesen – um so schwieriger würde es werden, ihm die Schuld auch nachzuweisen. Was immer für ein Mensch Wilczek auch sein mochte, er war vor allem ein Genie, und Scully resümierte in ihren letzten Zeilen: „Der Punkt ist, daß Wilczek wahrscheinlich ein echtes Genie ist, was sich auch auf die Fähigkeit ausdehnen dürfte, seine Spuren zu verwischen. *Wenn* Wilczek tatsächlich so clever ist, wie sollen wir ihn dann überlisten?“

Es gab jedoch eine Sache, die Scully nicht in ihrem Report festhielt.

Sie konnte und wollte nicht erwähnen, wie unangenehm sie den Gedanken fand, daß Wilczek aller Wahrscheinlichkeit nach ein Mörder war.

Schmunzelnd erinnerte sie sich daran, wie er die Welt in adrette und legere Typen unterteilt hatte – und es gab keinen Zweifel, zu welcher Sorte sie selbst zu rechnen war.

Sie war so adrett, wie man es nur eben sein konnte . . . abgesehen von einem kleinen Schönheitsfehler.

Ihrer ausgeprägten Schwäche für legere Typen.

Nachdem sie ihre Arbeit Korrektur gelesen hatte, speicherte sie sie. Morgen würde sie den Bericht auf Diskette kopieren und ihn mit in die Zentrale nehmen, sorgsam abseits von neugierigen Augen.

Sie schaltete den Computer aus und ging zu Bett, wo sie schnell in einen tiefen traumlosen Schlaf sank – selbst das summende Geräusch, das mitten in der Nacht durch ihre Wohnung kroch, konnte sie nicht wecken.

Es surrte und knackte leise, als eine Datenübertragung eingeleitet wurde. Im Raum nebenan leuchtete der Bildschirm von Scullys Rechner auf: Der Wilczek-Bericht lief über den Monitor, vom ersten bis zum letzten Wort.

Wenige Augenblicke später wurde der Schirm wieder so dunkel, als wäre er niemals eingeschaltet gewesen.

Am nächsten Tag präsentierte Scully den Bericht ihrem Partner. Mulder hatte es sich in seinem Bürosessel bequem gemacht und nickte anerkennend, nachdem er die Seiten aufmerksam studiert hatte. Dasselbe hätte auch er geschrieben.

Dann legte er ihr seine neuen Ergebnisse vor: eine Reihe von digitalen Audiocassetten. Auf den Etiketten stand zu lesen: *Brad Wilczek, Vortragsreihe Smithsonian.*

Er drückte ihr ein Band mit der Aufschrift *Telefonüberwachung, COS Eurisko-Hauptquartier* in die Hand. „Ich denke, der Vergleich dürfte interessant werden."

Mulder sollte recht behalten. Eine Stunde später waren Scully und er immer noch mit den Bändern beschäftigt.

Wilczeks Stimme war kristallklar zu hören. „Von Anfang an wußte ich, daß Euriskos Expansion nicht nur auf die traditionelle westliche Weise, sondern auch beeinflußt von Zen und anderen Philosophien des Ostens –"

Scully drückte auf *Pause*. Sie spulte kurz zurück und startete erneut die Wiedergabe. „Philosophien des Ostens –"

Erneut kurzes Zurückspulen, dann: „Ostens –"

Scully nickte und streckte ihre Hand in Mulders Richtung, um ein weiteres Band in Empfang zu nehmen.

Als sie es einlegen wollte, bemerkte sie, daß Mulders Augen an der offenen Tür hängen blieben.

Dort stand Jerry Lamana.

„Scully, geben Sie mir einen Augenblick", bat Mulder.

Energisch stand er auf und ging auf Jerry zu. „Was gibt's? Wie du siehst, sind Agent Scully und ich ziemlich beschäftigt."

„Ich muß mit dir sprechen."

Mulder warf Scully einen Blick zu.

„Warum gehen wir nicht einen Moment hinaus, um das zu erörtern?" schlug er etwas milder vor.

Doch Jerry rührte sich nicht.

„Sieh mal, ich bin hier mit gesenktem Haupt. Ich hab's vermasselt. Es tut mir leid . . . Was soll ich noch sagen?"

„Du hättest nur zu fragen brauchen", erwiderte Mulder gepreßt. „Ich hätte dir bei deinem Profil geholfen."

„Du hast ja keine Ahnung, wie das ist, Mulder."

„Wie was ist?"

„Du hast von Atlanta gehört?"

Mulder nickte stumm.

„Das hat mir sechs Monate Bewährungsfrist eingebrockt", klagte Jerry zunehmend weinerlich. „Ich mußte Tagesberichte abgeben, wie ein Anfänger."

„Das war Pech." Verlegen rettete sich Mulder in Allgemeinplätze. „Hätte jedem passieren können."

„Nein, *dir* nicht", sagte Jerry bitter und klang beinah vorwurfsvoll.

„Mach dich nicht selbst fertig, Jerry . . . Du bist ein fähiger Agent. Wir haben zusammen einiges an guter Arbeit geleistet."

Jerry ließ den Kopf hängen. „Ach, seien wir doch ehrlich. Ich war immer bloß ein Mitläufer, dein Anhängsel."

„Aber nein . . . nein!" Doch Mulders Protest fehlte die rechte Überzeugungskraft.

„Was weißt du schon, Mulder? Du hast doch nie was anderes getan, als von deinem Platz an der Sonne hin und wieder mal zu mir runterzuleuchten. Genau wie jetzt. Du ziehst im Drake-Fall deine eigene Sache durch, und ich bleibe im Dunkeln zurück."

„Keineswegs", erklärte Mulder mit fester Stimme, und diesmal blickte er sich nicht zu Scully um. „Tatsache ist, daß du gerade im richtigen Moment aufgetaucht bist. Hat mir einen Anruf erspart. Agent Scully und ich möchten gerne deine Meinung zu dem Material hören, das wir uns gerade ansehen. Nicht wahr, Agent Scully?"

Scully zwang sich zu einem Lächeln. „Natürlich. Kommen Sie nur rein, Agent Lamana."

Zu dritt setzten sie sich vor einen großen Computer, der mit zwei digitalen Bandgeräten verbunden war. Die Anlage war, wie Jerry anmerkte, „kein schlechtes Ding".

„Es erzeugt computergenerierte Spektrogramme", erklärte ihm Scully. „Das Gerät wurde vom Sprachlabor der Georgetown-Universität entwickelt."

„Wozu?" Jerry riß Augen und Ohren auf.

„Man kann damit individuelle Sprachmuster identifizieren."

Ungläubig schüttelte Lamana den Kopf. „Wie ich schon sagte, nicht schlecht, das Ding."

Er kratzte sich hinterm Ohr, als Scully fortfuhr: „Sehen Sie."

Sie drückte die Wiedergabetaste einer der angeschlossenen Bandmaschinen, und eine mechanische Stimme meldete: „Mit dem Signalton wird es 19.35 Uhr."

Auf dem Schirm war der Klang der Stimme als Spektrogramm zu sehen – eine Reihe von Linien zwischen den Farbtönen grau und schwarz.

Scully speicherte das Bild. Dann spielte sie das zweite Band ab. Darauf befanden sich Worte und einzelne Silben, die sie aus Wilczeks Vorträgen entnommen hatte. Es klang zusammengestoppelt und unregelmäßig, war jedoch klar verständlich.

„Mit dem Signalton wird es 19.35 Uhr."

Auf dem Bildschirm entstand ein neues Spektrogramm.

„Und nun legen wir die beiden Grafiken übereinander", sagte Scully konzentriert und gab den Befehl dazu ein.

Nachdem die beiden Spektrogramme, eins über dem anderen, auf dem Monitor erschienen waren, tippte Scully ein weiteres Kommando ein.

Der Computer markierte die jeweils gleichen Wörter und bewegte die Markierung von einer Silbe zur nächsten.

„Sie hatten recht, Mulder", verkündete Scully nach einigen Sekunden und fror das Bild ein.

„Recht womit?" Jerry tappte noch immer im Dunkeln.

Statt einer Antwort griff Scully nach einer Wachskreide.

„Betrachten Sie die erste Silbe des Worts *Signal*", erläuterte sie. Die Silbe war auf den beiden Spektrogrammen markiert geblieben, und Scully zog mit ihrer Wachskreide triumphierend einen Kreis darum. „Identisch auf beiden Diagrammen. Beide wurden von derselben Stimme gesprochen."

Jetzt ging Jerry ein Licht auf. „Ihr meint, daß die Stimme aus dem Vortrag und die Stimme aus der Telefonleitung die gleichen waren?" Bei diesem Gedanken klang er zunehmend erfreut.

„Ich meine, es handelt sich in beiden Fällen um

Brad Wilczek", sagte Mulder mit Nachdruck. „Er hat seine Stimme zwar elektronisch verzerrt . . . aber bestimmte individuelle Rhythmen und Intonationen konnte er nicht verändern."

„Was bedeutet, daß er der Mörder sein muß", schloß Scully. „Er hatte das Motiv. Er hatte die Mittel. Und nun haben wir einen Beweis."

Sie nahm ihr Jackett von der Lehne eines Stuhls und schlüpfte hinein. „Ich mache einen Besuch bei Richter Benson in Virginia", verkündete sie. „Ich kann einen Haftbefehl für Wilczek in weniger als einer Stunde bekommen."

Jerry stand ebenfalls auf. Er hatte sein Jackett bereits an. „Jemand muß dafür sorgen, daß Wilczek nicht abhaut. Bei diesen Kerlen weiß man nie, was sie vorhaben."

Mulder hatte denselben Gedanken.

„Ich begleite dich, Jerry", schlug er vor.

„*Nein!*" Jerrys Stimme erinnerte an ein Fauchen.

„Aber vielleicht wäre es besser . . .", meinte Mulder sanft.

„Laß mich den Kerl allein schnappen . . . bitte." Plötzlich klang Jerry fast flehend. „Ich brauche das hier, Mulder. Ich brauche einen Erfolg!"

Und ohne auf eine Antwort zu warten, war er im nächsten Augenblick zur Tür hinaus.

# 8

Brad Wilczek hatte ein Problem.

Nicht mit dem Tod von Ben Drake. Was Wilczek betraf, war eine Welt ohne Drake ein besserer Ort – und für Eurisko traf das mit Sicherheit zu. Drake hatte der Firma versprochen, sie durch öffentlichen Verkauf von Aktienanteilen aus ihrem finanziellen Tief zu holen. Doch statt dessen war Eurisko in die Hände von Leuten gefallen, die sich nicht darum kümmerten, was das Unternehmen für die Welt und die Zukunft der Welt bedeuten könnte, sondern bloß auf ihre Bankkonten starrten.

Auch die Schnüffler vom FBI machten ihm keine Sorgen. Mit seinem Mehr an Wissen konnte er sie problemlos einwickeln, und abgesehen davon fand er den Kerl, wie hieß er noch gleich – Mulder? –, beinah sympathisch. Er hatte etwas in den Augen, eine Intensität, die Wilczek gefiel. Was die andere betraf – Scanlan? Solly? Scully? –, sie schien nur hinter Fakten her zu sein und würde ihnen folgen, egal wohin sie führten. Damit konnte Wilczek ebenfalls leben. Er war schon immer jemand gewesen, der sich von seinen Entdeckungen einfach weitertreiben ließ.

Nein, Wilczeks Problem war weitaus gravierender,

und es hatte mit der einzigen Sache zu tun, von der er geglaubt hatte, er könne sich ganz und gar auf sie verlassen.

Dem COS.

Er fühlte sich, als wäre er von seinem besten Freund hintergangen worden . . . oder von seinem eigencn Kind. Schließlich war das COS der Sproß seines Geistes, und kein Vater konnte sein Kind mehr lieben als er.

Doch nun, als er zum wiederholten Male versuchte, in das System zu kommen, war es, als klopfe er an verriegelte Tore.

Er saß vor seinem Computer und las mit wachsender Nervosität jene Meldung, die immer wieder auftauchte – egal welchen Weg er auch einschlug.

„Zugriff verweigert."

„Mist!" Wilczek fluchte. Er war drauf und dran, den Schirm mit der bloßen Faust einzuschlagen.

Doch noch wollte er nicht kapitulieren und tippte statt dessen einen neuen Befehl ein.

Dieser aktivierte ein Programm, das eine ganze Reihe von Zugangscodes automatisch ablaufen ließ. Sie huschten mit blitzartiger Geschwindigkeit über den Schirm . . . aber die Antwort blieb dieselbe.

„Zugriff verweigert."

„Komm schon, Baby, laß mich rein", murmelte er schmeichelnd. Die Tastatur klickte im Rhythmus eines Maschinengewehrs, als er eine komplizierte Befehlssequenz eingab.

Abschließend drückte er *Enter.*

„Zugriff verweigert“, entgegnete das System ungerührt.

Wilczek sank in sich zusammen. Kopfschüttelnd schaltete er den Computer ab und starrte eine kleine Ewigkeit auf den dunklen Monitor.

Dann stand er auf und ging durch sein riesiges Haus in Richtung Eingangstür. Dort zog er sich ein Paar ausgebeulter Laufschuhe an und trat ins Freie.

Er blickte in den dämmerigen Himmel hinauf. War es bereits Abend? Wo war der Tag geblieben? Wie schnell doch im Cyberspace die Zeit verfliegt, dachte er.

Mit federnden Schritten näherte er sich seiner Corvette, stieg ein und brauste davon. In dem Versuch, die verlorene Zeit wettzumachen, raste er die Einfahrt hinunter, ohne auch nur einmal in den Rückspiegel zu sehen – sonst wäre ihm wohl der Wagen aufgefallen, der am Straßenrand gestanden hatte und nun die Verfolgung aufnahm.

Eine halbe Stunde später stellte Wilczek sein Fahrzeug auf dem Parkplatz vor dem Eurisko-Hauptquartier ab. Er sprang aus dem Wagen und stürmte mit gesenktem Kopf in das Gebäude.

So bekam er nicht mit, daß das Verfolgerfahrzeug hinter seiner Corvette gehalten hatte – Special Agent Jerry Lamana heftete sich an seine Fersen.

Wilczek hielt auch nicht inne, als er den Sicherheitsbeamten in der Eingangshalle passierte.

„Hi, Mr. Wilczek", rief ihm dieser halblaut zu, als Wilczek vorübereilte.

Der Wachmann war seit zehn Jahren bei Eurisko, und er kannte Wilczek zu gut, um dessen Verhalten ungewöhnlich zu finden. Schließlich war Wilczek ein Genie, und Genies taten ihre ganz eigenen Dinge.

Den rundlichen Kerl, der anschließend in das Gebäude gestapft kam, stoppte er jedoch auf der Stelle. Selbst als ihm der Mann einen FBI-Ausweis entgegenhielt, musterte er ihn weiterhin aus mißtrauisch verengten Augen.

Es war dem Wachbeamten egal, was für eine Legitimation dieser Typ zu haben glaubte. Bei Eurisko war Brad Wilczek das Gesetz. Nein, er war mehr als das Gesetz, denn Wilczek hatte die Firma gegründet, die diesem Pförtner das Brot bezahlte.

„Wo ist Wilczek hin?" verlangte Jerry Lamana zu wissen. Schweiß stand in kleinen Perlen auf seiner Stirn.

Der Wachmann zuckte die Achseln. „Mr. Wilczek? Keine Ahnung. In diesem Gebäude kann Mr. Wilczek hingehen, wo immer es ihm beliebt. Und das tut er üblicherweise auch."

„Hören Sie mal gut zu." Agent Lamanas kippende Stimme bekam einen drohenden Klang. „Sie haben es hier mit der Regierung der Vereinigten Staaten zu tun. Also keine Spielchen. Ich bin in offiziellem Auftrag hier . . . und zwar in einer verdammt ernsten Sache!"

Der Pförnter schnalzte mit der Zunge, während er sich die Sache durch den Kopf gehen ließ.

Einerseits war er Wilczek verpflichtet, er mochte ihn sogar. Wilczek hatte ihn niemals herablassend behandelt wie einige andere aus der Belegschaft.

Andererseits war Wilczek nicht mehr der Chef, sondern nur noch ein Besucher mit besonderen Rechten. Er war nicht mehr in der Position, Leute einzustellen oder gar zu entlassen . . . Hinzu kam, daß dieser Agent hier einen ziemlich verbissenen Eindruck machte.

„Versuchen Sie es im Obergeschoß", brummte der Wachmann schließlich. „Dort ist Wilczeks Büro. War es jedenfalls."

Jerry hielt sich nicht mit Dankesbekundungen auf. Er lief auf die Liftschächte zu und hämmerte auf den Knopf, bis sich die Tür zischend öffnete. Er trat hindurch und tippte mit dem Finger auf den Schalter für das Obergeschoß. Während der Aufzug sich sanft in Bewegung setzte, starrte Jerry beharrlich auf die Anzeige, auf der die aufsteigenden Nummern der Stockwerke erschienen. Kein einziges Mal blickte er auf oder musterte seine Umgebung – so entging ihm das rote Leuchten des Computerauges. Und er bemerkte nicht, daß die Kamera langsam zu ihm herüberschwenkte.

# 9

Brad Wilczek hielt den Atem an, als er seine Schlüsselkarte durch den Schlitz an der Tür seines Büros zog. Seines ehemaligen Büros.

Er drückte dagegen, und die Tür schwang auf.

Wilczek lächelte dünn: Ben Drake war also nicht dazu gekommen, das Schloß auswechseln zu lassen. Schnell schaltete er das Licht ein und wandte sich umgehend dem Computer auf seinem – ehemaligen – Schreibtisch zu.

Als er davor Platz nahm, hatte er das unbestimmte Gefühl, nach Hause zurückgekehrt zu sein. Es war die langersehnte Heimkehr.

Er mochte einige Millionen der mit Eurisko verdienten Dollars für den Bau seines Traumhauses ausgegeben haben, doch dieser Schreibtisch hier war der Ort, wo seine Träume entstanden waren. Hier war der Platz, an den er vor allen anderen gehörte.

Wilczek ließ seine Finger über die Tasten des Keyboards gleiten. Er konnte die Augen schließen und sich an früher erinnern, als er jung und voller Träume gewesen war. Bevor man ihm das Tor zur Zukunft vor der Nase verschlossen hatte, erst langsam, dann mit einem lauten Knall.

Wenigstens haben sie das COS nicht deaktiviert, dachte er. Es war immer noch in Funktion. Und er würde immer noch die Macht haben, den Computer für sich arbeiten zu lassen.

Hoffentlich.

Entschlossen richtete er sich auf und tippte einen Befehl ein.

Dann hielt er kurz inne, drückte schließlich die Eingabetaste und hielt den Atem an.

„Willkommen daheim, Brad“, schnarrte der Computer.

Wilczeks Mund öffnete sich vor Verblüffung, und er brauchte einige Sekunden, um sich zu fangen.

Dann teilte er dem Computer seine Gedanken mit: „Du besitzt ursprünglich keinen Stimmsynthesizer. Wann wurde diese Modifikation vorgenommen?“

Die Maschine schwieg.

Wilczek biß sich auf die Lippen. Erneut huschten seine Finger über die Tastatur.

„Wie lautet meine Zugangseinstufung?“

Während Wilczek auf das Summen des Geräts lauschte, vernahm er auch das unwirkliche Geräusch seines eigenen Herzschlags.

„Diese Entscheidung wird vom Betriebssystem getroffen“, erklang die mechanische Stimme.

„Mal sehen, ob ich diese Entscheidung nicht beeinflussen kann“, murmelte Wilczek.

Konzentriert kniff er die Augen zusammen und

tippte eine Reihe von Befehlen ein, die ihm die Herrschaft über das Computersystem zurückgeben sollten.

„Es tut mir leid, aber diese Befehle sind auf der derzeitigen Zugangseinstufung nicht verfügbar. Neuer Versuch erforderlich“, erklärte die Maschine.

Neuer Versuch. Aber *was* versuchen?

Vielleicht lag hier der Grund für das unausgewechselte Türschloß – statt dessen hatten sie einfach das Schloß des COS-Befehlskerns ausgetauscht. Seine Gedanken wirbelten und seine Finger flogen, als er nach den richtigen Eingaben suchte, die diese Tür wieder öffnen würden.

Plötzlich erstarrte er. Vor ihm auf dem Monitor war das Gesicht eines Mannes zu sehen: Das Gesicht war rundlich und gerötet, und die Augen starrten nach oben, Wilczek entgegen.

Er konnte die Stimme des Computers hören: „Sechsundzwanzigster Stock.“

„Was zum . . . !“ rief Wilczek und tippte hastig: „Was tust du da?“

Aber der Computer reagierte nicht. Dafür änderte sich das Bild auf dem Schirm, und nun konnte man den ganzen Mann sehen, seinen dunklen Polyesteranzug und sein aufgeknöpftes Hemd mit dem gelösten Schlips. Er befand sich in der stählernen Kabine des Aufzugs.

„Siebenundzwanzigster Stock“, meldete der Computer monoton.

Der Mann in der Liftkabine grinste erwartungsvoll.

Sich selbst beruhigend klopfte er auf eine Ausbuchtung seines Anzugs, nahe der Achselhöhle.

„Schulterhalfter“, schloß Wilczek seufzend. „Wahrscheinlich wieder das FBI.“

„Achtundzwanzigster Stock.“

„*Was tust du da?*“ wiederholte Wilczek hastig seine Eingabe.

„Neunundzwanzigster Stock . . . Dreißigster – Neunund – Dreiß – Neun –“

Wilczek sprang von seinem Schreibtisch auf und rannte zu einer Reihe von Monitoren, die an der Wand des Büros angebracht waren. Alle zeigten dasselbe Motiv: das Bild des Mannes im Aufzug.

Wilczek öffnete eine Klappe unterhalb der Bildschirme, hinter der sich eine Reihe von Schaltern befand. Mit wilden Bewegungen schob er sie in alle möglichen Positionen – doch nichts, was er tat, zeigte die geringste Wirkung.

„Dreiß – Neun – Drei –“ stotterte der Computer weiterhin.

Jetzt war über die Anlage auch die Stimme des Mannes zu hören.

„Verdammt!“ fluchte er, als der Lift zu einem abrupten Halt kam und sich die Tür zischend aufschob.

Der Mann starrte durch die Öffnung auf die rohe Wand des Aufzugsschachts.

„Was tust du da?“ rief Wilczek jetzt laut und mit wachsender Besorgnis.

Währenddessen hatte der Mann begonnen, auf die Notruftaste der Kabine zu hämmern. Er schlug wie ein Wilder darauf ein, wieder und wieder.

Als er schließlich aufgab, war sein Gesicht schweißüberströmt. Hechelnd stand er da und lauschte auf die überwältigende Todesstille.

Plözlich ein quietschendes Geräusch. Dann ein Klopfen. Erneut Stille.

„Abwärts", verkündete der Computer.

Der Mund des Mannes öffnete sich vor grenzenlosem Entsetzen. Er verlor den Halt, als der Boden unter ihm in die Tiefe rauschte. Er wurde gegen die Wand geschleudert, und sein Kopf schlug schwer gegen den rostfreien Stahl.

An der offenen Kabinentür schoß die verwischte Fläche der Betonwand mit rasender Geschwindgkeit vorüber.

„Nein!" brüllte Wilczek.

Doch sein Schrei blieb ihm im Halse stecken, als das Bild auf dem Schirm zu flackern begann wie die Flamme einer Kerze.

Das letzte, was er erkennen konnte, waren die im Todeskampf zuckenden Beine des Mannes, der schließlich regungslos liegen blieb. Dann verloschen dic Monitore.

„Programm ausgeführt", meldete der Computer.

# 10

Scully fühlte sich mies. Sie hatte einen unangenehmen Geschmack im Mund.

Sie hatte schlecht von Jerry Lamana gesprochen, seit sie ihn kennengelernt hatte, und nun mußte sie zu Mulder gehen und alles zurücknehmen.

Nachdem sie die Tür von Mulders Büro erreicht hatte, schluckte sie einmal schwer und klopfte.

Keine Antwort.

Seltsam, dachte sie. Es war zwar spät abends, aber sie war sicher gewesen, Mulder hier anzutreffen. Seit Beginn der Ermittlungen im Fall Eurisko hatte er immer bis in die Nächte hinein gearbeitet – und im Moment müßte er in dieser Sache mehr zu tun haben als je zuvor.

Scully machte sich an der Tür zu schaffen. Sie war unverschlossen – wie üblich, stellte sie mit einem Anflug von Sarkasmus fest. Scully öffnete sie, trat ein und bemerkte im selben Augenblick Mulder, der im Dunkeln vor einem Videobildschirm hockte. Seine Hand umklammerte die Fernbedienung. Er drückte heftig auf eine der Tasten, die Aufzeichnung abwechselnd bremsend, einfrierend, zurückspulend, und schaltete schließlich erneut auf Wiedergabe, wieder und wieder.

Ein paar Minuten beobachtete Scully dieses Ritual.

Er hatte sie nicht bemerkt. Seine Augen hafteten auf dem Monitor.

Endlich räusperte sie sich. „Ich habe nach Ihnen gesucht. Ich dachte mir schon, Sie hier zu finden."

Mulder antwortete nicht. Er war nach wie vor in die Videoaufzeichnung versunken.

Scully startete einen neuen Versuch. „Ich habe das von Jerry gehört."

Nun blickte Mulder auf.

„Es tut mir wirklich leid", sagte sie sanft.

Mulder nickte langsam.

Es folgte eine längere Zeit der Stille.

Schließlich brach Mulder das Schweigen. „Ich glaube nicht, daß Wilczek es getan hat."

„*Was?*" Scully war verblüfft. Mulders Einschätzungen der verschiedenen Fälle waren noch nie von Emotionen beeinflußt gewesen. Doch es gab immer ein erstes Mal. Und jetzt war es anscheinend soweit.

„Es ergibt keinen Sinn", setzte Mulder nach. „Warum sollte er ins Eurisko-Haus zurückkehren?"

Scully zuckte die Achseln. „Vielleicht wollte er Beweismaterial vernichten. Oder er wollte sichergehen, daß er seine Spuren verwischt hatte".

„Wenn Sie Beweise vernichten wollten, würden Sie das vor laufenden Kameras tun? Sehen Sie sich das Video an. Er mußte wissen, daß alle seine Bewegungen von Kameras aufgezeichnet wurden. Schließlich war er derjenige, der sie dort installieren ließ."

„Möglicherweise hat er trotzdem nicht mehr daran gedacht . . .“

Mulder schüttelte den Kopf. „Vielleicht, wenn er wie ein gewöhnlicher Mensch denken würde. Aber das tut er nicht. Hier, sehen Sie.“ Er spulte kurz zurück und ließ das Band noch einmal laufen. „Sieht so ein Mann aus, der einen Mord begeht?“

Scully betrachtete Wilczek, als er sein Büro betrat. Sie sah, wie er wild auf die Tastatur seines Computers einhämmerte, dann aufsprang, zu einer Gruppe von Monitoren lief und sich an den Knöpfen darunter zu schaffen machte. Als die Bildschirme dunkel wurden, rannte Wilczek wie ein Wahnsinniger aus dem Büro.

„Wer weiß schon, was in einem Gehirn wie diesem vor sich geht?“ meinte sie matt. „Vielleicht ist er zurückgekommen, um sich an seinem Erfolg zu weiden. Vielleicht wollte er ein letztes Mal mit seinem Lieblingsspielzeug spielen. Oder vielleicht war es ein so simpler Grund wie das Bedürfnis, an den Ort des Verbrechens zurückzukehren. Und dann, als er sich von Jerry verfolgt sah, bekam er es mit der Angst zu tun und schlug um sich wie ein in die Ecke gedrängtes Tier . . . Ich schätze, diese letzte Möglichkeit klingt ziemlich wahrscheinlich.“

„Ich sage Ihnen, an dieser Sache ist etwas faul“, beharrte Mulder. „Ziemlich faul.“

Scully biß sich auf die Unterlippe. Es war schmerzlich, Mulder so zu sehen, verbittert und verschlossen gegenüber jedem vernünftigen Argument.

„Hören Sie, Mulder. Sie haben eine Menge durchgemacht – wahrscheinlich mehr, als Sie sich eingestehen wollen."

Mit versteinerter Miene senkte Mulder den Kopf. Er wandte sich von ihr ab, um sich wieder dem Video zu widmen.

„Mulder . . .", begann Scully.

„Ich sage Ihnen, Wilczek ist zu schlau für so etwas", unterbrach er sie schroff, während er zum wiederholten Male dessen stilles Schreien vor dem COS betrachtete.

Scully seufzte. „Mulder . . . Brad Wilczek hat gerade ein Geständnis abgelegt. Wieviele Beweise brauchen Sie noch?"

Es gab einen kurzen Klick von der Fernbedienung des Videogeräts, und der Bildschirm wurde dunkel.

Mulder starrte auf die schwarze Fläche.

„Mulder –", versuchte es Scully erneut, doch sie resignierte, als sie sah, daß er ihr nicht zuhörte. Seine Augen hingen wie gebannt auf dem toten Monitor.

Schließlich erklang seine Stimme: „Scully?"

„Ja?"

„Ich denke, ich möchte für eine Weile allein sein. Ich muß über einige Dinge nachdenken."

„In Ordnung", murmelte sie. Dann drehte sie sich um und schloß leise die Tür hinter sich.

Beinah hätte sie Mulder noch daran erinnert, den Raum später abzusperren – doch sie hielt rechtzeitig inne, als ihr die Sinnlosigkeit dieser Aufforderung bewußt wurde.

Jerry Lamana konnte sich nicht mehr hereinschleichen.

Sie mußte ihn vergessen.

Sie mußten diesen ganzen Fall hinter sich bringen.

Sie wußte, daß *sie* das konnte. Doch wie stand es um Mulder?

# 11

Mulders Wagen fuhr langsam die Einfahrt von Brad Wilczeks Anwesen empor.

Vielleicht konnte er Wilczeks Sicherheitssystem überwinden. Schließlich war der Hausherr nicht da, und ohne ihn wäre jeder Alarm wie der berühmte Schrei des Rufers in der Wüste.

Als Mulder um eine Kurve bog, bemerkte er das Fahrzeug vor Wilczeks Haus.

Es handelte sich nicht um Wilczeks alte Corvette. In der Einfahrt stand eine ziemlich durchschnittliche Limousine, die auf den Highways kaum auffallen würde. Dennoch wußte Mulder sofort, was gespielt wurde – und die drei Männer, die neben dem Wagen standen, paßten zu diesem Spiel. Er kannte ihre Namen nicht, aber er war sich darüber im klaren, was ihre harten Gesichter und die Ausbeulungen ihrer Anzugsjacken zu bedeuten hatten.

Wie Mulder erwartet hatte, waren sie äußerst höflich. Und sie würden diese Höflichkeit nur ablegen, wenn es sein mußte. Es war besser, es nicht darauf ankommen zu lassen.

Als Mulder aus seinem Wagen gestiegen war und sich dem Haus nähern wollte, trat ihm einer der Männer in den Weg.

„Verzeihen Sie, Sir. Dies ist der Ort eines Verbrechens. Wir müssen Sie ersuchen, das Grundstück zu verlassen."

„Ich weiß", erwiderte Mulder. „Ich habe einen Durchsuchungsbefehl."

Er zog ein Dokument aus seiner Tasche.

Der Mann würdigte es keines Blickes, und auch seine beiden Begleiter, die inzwischen links und rechts von ihm Stellung bezogen hatten, interessierten sich nicht für das Papier. Sie starrten Mulder aus kalten Augen an.

„Seht mal, Leute, ich bin vom FBI", startete er einen neuen Versuch und zeigte ihnen seinen Ausweis.

Die Männer verzogen keine Miene.

„Dieser Durchsuchungsbefehl ist nicht mehr gültig", knarrte der erste aus der Gruppe.

„Wovon reden Sie überhaupt? Ich habe ihn erst heute morgen bekommen. Die Unterschrift des Richters ist quasi noch feucht."

Während er sprach, versuchte Mulder, an den Männern vorbeizuspähen und zu erkennen, was sich wohl im Innern des Gebäudes abspielen mochte – doch damit provozierte er bloß, daß sie ihm entgegentraten, um ihm so die Sicht zu nehmen. Er wurde gezwungen, einen Schritt zurückzuweichen.

„Wenn Sie keine Freigabe Stufe fünf besitzen, muß ich Sie auffordern, das Gelände umgehend zu verlassen", erklärte der Sprecher.

„Freigabe Stufe fünf? Aber so etwas besitzen nur . . .“

„Nur die Leute, die zu diesem Gebäude Zutritt haben“, wurde Mulder barsch unterbrochen.

Mulder blickte die drei der Reihe nach an. Es war, als betrachte man drei identische Ziegelsteine inmitten einer massiven Mauer.

Trotzdem – wenigstens wußte er jetzt, woran er war.

Jetzt gab es nur noch eine einzige, eine letzte Möglichkeit, eine Antwort auf seine Fragen zu bekommen: Er mußte Kontakt mit dem Mann aufnehmen, der mehr Geheimnisse hatte als selbst jene Menschen der Freigabe Stufe fünf. Zu diesen Geheimnisse zählten sein Name und sein Job bei einer Regierungsabteilung, die mindestens ebenso geheimnisvoll war. Eine Abteilung, die ihre eigenen Gesetze schrieb und in der Regel auch durchsetzte.

Mulder kannte diesen Mann nur als Deep Throat.

„Danke, daß Sie gekommen sind“, begrüßte Mulder seinen mysteriösen Informanten.

Das Treffen fand zur Mittagszeit auf dem großen Platz direkt vor dem Eurisko-Gebäude statt. Helles Sonnenlicht flutete auf die Angestellten herab, die die Gelegenheit für einen kleinen Spaziergang nutzten. Deep Throat hatte den Ort ausgewählt. Er wollte anscheinend in der Menge untertauchen, was sein grauer Dreiteiler bestätigte. Selbst sein ebenso graues Haar und seine blasse Haut schienen Teil dieses Plans zu sein . . . Deep Throat war ein Meister in der Kunst der Unauffälligkeit.

Mulder trug eine Sonnenbrille – als ein Zeichen des Respekts vor Deep Throat, der am liebsten unsichtbar bleiben würde.

Dennoch war der Informant verärgert. Deep Throat wurde nicht gern aus der Reserve geholt, und üblicherweise setzte er sich mit Mulder in Verbindung, nicht umgekehrt. Er wollte Klarheit darüber behalten, wer das Sagen hatte. Er konnte es sich nicht leisten, seine Machtposition einzubüßen.

„Ich bin wider besseren Wissens hier", bemerkte er zu Mulder, während sie über den Platz schlenderten. Immer wieder blickte er in die Menge, um sich zu vergewissern, daß ihnen niemand besondere Beachtung schenkte. „In Zukunft bestehe ich darauf, daß Sie die Bedingungen unserer Vereinbarung respektieren. Kommunizieren Sie nur mit mir, um *mir* auf *meine* Mitteilungen zu antworten – aber nicht, um meine Anwesenheit zu fordern."

„Es tut mir leid", erwiderte Mulder aufrichtig. „Aber ich brauche Informationen, die nur Sie mir geben können. Wichtige Informationen. Ich muß wissen, warum Brad Wilczek Gegenstand einer Untersuchung nach Stufe fünf ist. Das betrifft doch normalerweise nur höchst empfindliche Bereiche militärischer Sicherheit. Was für ein Interesse hat das Verteidigungsministerium an ihm?"

Deep Throat mußte lächeln. Für ihn waren Mulders Fragen oft amüsant – denn zumeist kannte der Special Agent die Antworten schon selbst. Es war wie ein Spiel, bei dem es vor allem darum ging, von Deep Throat den offiziellen Wahrheitsstempel für seine Theorien zu bekommen. Glücklicherweise liebte Deep Throat solche Scharaden.

„Warum glauben Sie wohl, daß man an dem kühnsten und brillantesten Computerprogrammierer der Welt interessiert ist?“ fragte Deep Throat. Er stoppte ihren Spaziergang vor einem Imbißstand und signalisierte mit den Fingern seine Bestellung.

Mulder tat es ihm gleich. Nachdem beide Männer Senf auf ihre Hot Dogs gestrichen hatten, vermutete Mulder: „Die Abwehrleute wollen, daß Wilczek Software für sie entwickelt?“

Deep Throat biß in seine Stärkung, schluckte und antwortete dann: „Während der letzten Jahre hat Brad Wilczek die besten Angebote für den Entwurf von neuartigen Waffenleitsystemen abgelehnt.“ Sein Mund verzog sich spöttisch, während er mit einer Papierserviette überschüssigen Senf von seiner Oberlippe wischte. „Es sieht so aus, als ob Wilczek nichts mit Kriegen zu tun haben will. Ein richtiger Weltverbesserer . . .“

„Was für eine Art von Software?“ fiel ihm Mulder neugierig ins Wort, wobei sie ihren Streifzug wieder aufnahmen.

„Was wissen Sie über künstliche Intelligenz?“

„Ich dachte immer, es handelt sich bisher bloß um Hirngespinste. Nur etwas für Autoren von Science-Fiction-Romanen. Nichts womit man schon ernsthaft rechnen müßte.“

„Das hat auch niemand – bis vor zwei Jahren“, erklärte Deep Throat. „Erinnern Sie sich an das Schachspiel in Helsinki? Als ein Computer einen Meisterspieler besiegte? Es war das erste Mal, daß eine Maschine eine bessere Kombinationskette als ein Mensch hervorbrachte.“

„Ich habe davon gelesen.“

„Haben Sie sich damals überlegt, was diese Sache bedeutet?“

Mulder hob die Schultern. „Nur oberflächlich, zugegeben.“

„Dann wird es Sie vielleicht interessieren, daß dieser Schachcomputer von einem gewissen Brad Wilczek programmiert worden ist.“ Deep Throat blinzelte in den blauen Himmel hinauf. Weiße Wolken zogen vorüber. Eine davon verdunkelte kurz die Sonne, und ein kühler Schatten huschte über den Platz. „Gerüchten zufolge war Wilczek zu diesem beeindruckenden Ergebnis durch Entwicklung des ersten adaptiven Netzes gekommen.“

„Adaptives Netz?“ Mulder wollte sich vergewissern, daß dieser Begriff das bedeutete, was er sich darunter vorstellte. Der Fall war einfach zu wichtig, um Mißverständnisse zu riskieren.

„Eine entwicklungsfähige Maschine“, nickte Deep Throat. „Ein Computer, der aus Erfahrungen lernt. Der kontinuierlich seinen Funktionsumfang erweitert und verbessert. Mit anderen Worten, ein Computer, der tatsächlich denkt.“

„Künstliche Intelligenz.“ Als die gleißende Sonne wieder zum Vorschein kam, zwinkerte selbst Mulder hinter seinen dunklen Gläsern. „Es ist also möglich.“

„Ja . . . und diese Möglichkeit bereitet einigen Leuten im Verteidigungsministerium ganz schönes Kopfzerbrechen.“

„Kann ich mir vorstellen“, meinte Mulder und zog die Nase kraus. „Und ich schätze, diese Leute sind bereit, alles dafür zu tun.“

Einen Moment lang sah ihn Deep Throat unverwandt an.

„Die Frage ist, Mr. Mulder – was werden *Sie* tun?“

# 12

Zurück in seinem Büro setzte sich Mulder an seinen Computer, um einen genaueren Blick auf Brad Wilczek zu werfen.

Tageszeitungen archivierten ihre Daten über bekannte Persönlichkeiten und waren ständig auf dem neuesten Stand. Starb einer dieser Stars aus Politik, Wirtschaft oder Showbiz, hatten sie auf Knopfdruck alles parat und konnten ihren Lesern schon am darauffolgenden Tag einen kompletten Lebenslauf präsentieren.

Mulder hatte Zugriff auf die Datenbanken der größten Zeitungen im Lande, und nun ließ er das Leben von Brad Wilczek über den Monitor laufen.

Er sah Wilczek als kleinen Jungen. Seine Augen schienen in weite Ferne zu blicken, auf Dinge, die außer ihm niemand erkennen konnte. Er sah Wilczek als langhaarigen jungen Mann bei seinem Highschool-Abschluß; blaue Jeans lugten unter seinem zerknitterten schwarzen Gewand hervor.

Er sah Wilczek vor einer Garage stehen, die ihm als sein erstes Labor gedient hatte; neben ihm sein großer, zottiger Hund, der vielleicht sein einziger Gefährte gewesen war. Wilczek, der ein Exemplar seines ersten Softwareprogramms für Eurisko hochhielt, das ein Verkaufsschlager werden sollte – jenes Programm, das für Millionen von Computerbesitzern der Schlüssel war, um die doppelte Arbeit in der halben Zeit zu schaffen.

Wilczek, der die Hand von Ben Drake schüttelte, als die Eurisko-Aktien auf den freien Markt gebracht wurden.

Mulder las seine begeisterten Vorhersagen über die Zukunft der Firma und wie sie die Welt reicher machen würde.

Er registrierte, daß sich Wilczek auf Kundgebungen vehement gegen die endlose Kette von Kriegen ausgesprochen hatte, und er studierte seine Pamphlete gegen Wissenschaftler, die ihre Fähigkeiten in den Dienst moderner Tötungsmaschinerien gestellt hatten. Immer wieder hatte Wilczek bekräftigt, daß Technologie nur dem Leben dienen sollte – und niemals dem Tod.

Mulder las die Börsenseiten, die den Fall von Euriskos Gewinnen dokumentierten, obwohl die Verkäufe der Firma nach wie vor gut liefen – und die Meinung der Finanzexperten, daß der Grund dafür in zu hohen Ausgaben für die Forschungsabteilung lägen.

Schließlich sah er ein Bild von Brad Wilczeks zornigem Gesicht, wie er gegen Selbstsucht und Gier wetterte, nachdem ihn die Aktionäre aus dem Unternehmen gedrängt hatten.

All das paßte zu den Dingen, die Mulder bereits über Wilczek wußte ... und zu dem Bild, das er sich von ihm machte.

Nun war sich Mulder sicher, daß er mit seiner Ansicht zu Brad Wilczeks Geständnis richtig lag – er mußte Wilczek aufsuchen und das Computergenie davon überzeugen, daß er mit seinem Verhalten Unrecht hatte.

Glücklicherweise genügte Mulders FBI-Ausweis, um ihm Zugang zu der Zelle zu verschaffen, in der man Wilczek festhielt. Die Regierungsleute mochten vielleicht Wilczeks Haus mit Beschlag belegen, doch das Untersuchungsgefängnis von Washington D.C. war immer noch Mulders Terrain.

Wilczeks Zelle bestand auf drei Seiten aus leeren Wänden und einer Reihe von stabilen Gitterstäben auf der vierten. Es gab keinen Fernseher, keine Bücher, keine Zeitungen: Wilczek konnte nur auf die fensterlosen Mauern oder durch die Stahlstangen hindurchstarren und über alles nachdenken.

Als Mulder den Raum betrat, saß er auf einem Stuhl und zählte die Flecken an der Decke. Sein Gesicht zeigte die Bartstoppeln von zwei Tagen ohne Rasur, und er hatte dunkle Ringe unter den Augen. T-Shirt und Jeans waren durch eine dunkelblaue Gefängniskluft ersetzt worden.

Und da war noch ein Unterschied.

„Wie Sie sehen, muß ich hier ständig Schuhe tragen“, erzählte er Mulder mit einem traurigen Schmunzeln.

„Schön zu sehen, daß Sie in Ordnung sind . . .“, begann Mulder mit etwas Small Talk. Während er sprach, bewegte er sich schnell durch die Zelle und suchte sämtliche Ritzen und Spalten sorgfältig mit den Augen ab.

Wilczeks Lächeln wurde breiter.

„Sparen Sie sich die Mühe, Agent Mulder. Ich habe bereits nach Wanzen gesucht. Sowohl nach dem lebendigen Typ wie nach der elektronischen Version. Es gibt keine. Sie können mir glauben. Ich hatte mehr als genug Zeit zum Suchen. Abgesehen davon, warum sollte man mich abhören? Ich habe ihnen bereits gegeben, was sie von mir wollten. Sie haben mein unterzeichnetes Geständnis ... Aber das führt mich zu der Frage: Was wollen Sie noch von mir, Agent Mulder? Oder sind Sie bloß hier, um den Triumph zu genießen?"

„Ich will eine simple Information." Mulder sah Wilczek direkt in die Augen.

„Worum geht's? Meine Schuhgröße?"

„Sagen Sie mir: warum sind Sie bereit, den Rest Ihres Lebens im Gefängnis zu verbringen, und das für ein Verbrechen, das Sie nicht begangen haben?"

„Wovon sprechen Sie?" erwiderte Wilczek ungerührt. „Ich bin schuldig. Sie haben doch mein Geständnis gelesen. Und ich versichere Ihnen, wie ich auch dem Gericht versichern werde, daß ich es vollkommen freiwillig unterzeichnet habe."

„Ich weiß, daß Sie unschuldig sind." Mulders Stimme klang gelassen, als hätte er lediglich zwei und zwei zusammengezählt.

Seine Augen bohrten sich noch tiefer in Wilczeks Blick, und es folgte ein langer Moment des Schweigens. Dann sah Wilczek zur Seite, aber er schwieg weiterhin beharrlich.

„Sie beschützen eine Maschine“, fuhr Mulder mit derselben ruhigen Stimme fort. „Sie beschützen das Kind Ihres Geistes, das Central Operating System von Eurisko.“

Eine Pause.

Schließlich sagte Wilczek leise: „Falls ich irgend jemanden oder irgend etwas beschützen sollte – die Maschine ist es nicht.“

„Wer oder was ist es dann?“ fragte Mulder nun doch zunehmend erregt.

Wieder eine Pause.

Als Wilczek zu sprechen begann, schien seine Stimme aus weiter Ferne zu kommen. Es war, als kämen die Worte tief aus seinem Innern.

„Ich habe einmal die Geschichte von Robert Oppenheimer gelesen . . . Sie wissen, wen ich meine, nehme ich an.“

„Den amerikanischen Wissenschaftler, der die Atombombe entwickelt hat.“

Wilczek nickte und sprach schleppend weiter: „Nachdem sie die Bombe über Hiroshima und Nagasaki abgeworfen hatten, verbrachte Oppenheimer den Rest seines Lebens damit zu bedauern, daß er jemals auch nur ein Atom angesehen hatte.“

„Oppenheimer mag seine Handlungsweise bereut haben“, wandte Mulder engagiert ein. „Aber er lehnte nie die Verantwortung dafür ab. Er war, wer er war, und er versuchte nicht, davor zu flüchten oder sich zu verstecken.“

„Oppenheimer war ein Wissenschaftler, der seine Arbeit liebte! Sein Fehler war, daß er seine Arbeit in die falschen Hände gegeben hatte. Hände, deren Aufgabe es war, zu töten.“ In Wilczeks Stimme schwangen Wut, Trauer und Schmerz. Jener Schmerz, den Oppenheimer gefühlt haben mußte und den er nun selber fühlte.

„Menschen machen Fehler“, hielt Mulder sanft dagegen.

„*Ich* werde diesen Fehler nicht machen.“

„Aber Ihre Maschine hat Drake getötet. Und meinen Freund.“

Wilczek senkte den Kopf – er mied den Blick in Mulders anklagende Augen. Nach einem kurzen Moment der Stille sagte er steif: „Es tut mir leid, was passiert ist. Aber ich kann nichts mehr tun.“

Jetzt war es an Mulder, seinem Zorn freien Lauf zu lassen: „Sie sprechen vom Übel des Tötens. Sie fürchten, daß die Regierung herausfindet, wozu das COS fähig ist, und es für ihre eigenen Zwecke einsetzt. Aber Sie nehmen das Risiko in Kauf, daß das System wieder töten wird.“

Kraftlos zuckte Wilczek mit den Schultern. „Das ist das kleinere der beiden Übel“, murmelte er.

„Was ist mit der dritten Möglichkeit?“ verlangte Mulder zu wissen. Immer noch hatte er sich leicht drohend vorgebeugt.

Wilczek schwieg. Dann hob er den Blick und sah Mulder fragend an.

„*Sie* haben die verfluchte Maschine geschaffen“, sagte Mulder. „Sie können auch einen Weg finden, wie man sie wieder vernichtet.“

# 13

„Mulder, ich mache mir Sorgen um Sie.“

„Nicht nötig. Es gibt wichtigere Dinge, um die wir uns kümmern müssen.“

Mulder hatte Scully angerufen und sie um ein nachmittägliches Treffen vor dem Eurisko-Gebäude gebeten. Er fand, es wäre am besten, wenn sie sich im Freien unterhielten, da sie bei den Ermittlungen ein Stadium erreicht hätten, bei dem höchste Sicherheitsvorkehrungen angebracht seien.

Doch das machte Scully noch besorgter. Es war kein gutes Zeichen, wenn sich jemand einbildete, er würde bespitzelt. Es war ein Indiz für eine gewisse – Belastung.

Als sie nun Seite an Seite spazierten, bemerkte Scully: „Ich kann Ihnen nicht folgen, Mulder. Von was für einem Stadium der Ermittlungen sprechen Sie? Die Untersuchung ist vorbei, sie ist Geschichte. Wilczek hat gestanden. Er hat nicht einmal versucht, auf Unzurechnungsfähigkeit zu plädieren. Die letzte offene Frage ist, wieviele Jahre er bekommen wird.“

Bedächtig schüttelte Mulder den Kopf. „Sein Geständnis ist eine Lüge. Er opfert sich für sein Baby, das COS. Er will nicht, daß gewisse Leute von dessen

Möglichkeiten Wind bekommen ... Er will verhindern, daß es ihnen in die Hände fällt."

„Hören Sie, Mulder, ich weiß ja, daß Sie nicht an Wilczeks Schuld glauben möchten. Aber Fakten sind Fakten. Kein Computersystem kann einfach so eigenmächtig morden."

„Das COS kann", erwiderte Mulder mit verkniffener Miene.

„Sie haben sich zu lange mit Wilczek unterhalten", befand Scully leicht gereizt. „Er hat Ihr Urteilsvermögen mit seinem High-Tech-Blabla getrübt. Sein ganzes Leben lang hat er damit seine Geschäfte gemacht. Aber es ist doch offensichtlich, daß er die Maschine als Sündenbock benutzt. Die Ausrede eines Verzweifelten – und eine schlechte noch dazu."

„Aber nur so ergibt die Sache einen Sinn! Das Projekt COS war für Eurisko ein finanzieller Verlust, also wollte Drake es abwürgen. Das COS hat seine Augen und Ohren im ganzen Gebäude. Es erfuhr von Drakes Plan . . . und dann hat es ihn . . . umgebracht."

„Jetzt machen Sie aber mal einen Punkt!" Scully hob ungläubig die Stimme. „Sie wollen mir doch nicht erzählen, daß die Maschine Drake quasi in Notwehr getötet hat?"

„Es war das Bedürfnis nach Selbsterhaltung. Das erste Gesetz des Lebens. Der primäre Instinkt aller lebenden Kreaturen."

Entrüstet blieb Scully stehen und stemmte die

Hände in die Hüften. „Aber das COS ist kein Lebewesen! Es kann nicht fühlen oder denken.“

„Und wenn es doch so ist?“

„Mulder, diese Stufe künstlicher Intelligenz ist noch blumigste Zukunftsmusik . . .“

Er reckte das Kinn vor. „Aber warum ist die Regierung dann so scharf auf Wilczeks Projekt? Hm, warum? Was wissen die, das Sie nicht glauben wollen?“

„Haben Sie wieder mit ihren Freunden, diesen Verschwörungsspezialisten, gesprochen?“ seufzte Scully.

„Ich habe eine zuverlässigere Quelle“, antwortete Mulder.

„Wen?“

„Tut mir leid, da müssen Sie mir einfach vertrauen.“

„Sind Sie sicher, daß Sie nicht schon Stimmen zu hören beginnen?“ Scullys Sorge um Mulder war neu aufgeflammt.

Doch Mulder reagierte nicht.

Sie wollte ihren Weg schon fortsetzen, als er beiläufig sagte: „Das Wichtigste ist, daß Wilczek einen Virus entwickeln kann, der das COS zerstören würde.“

Erneut blieb Scully stehen und zwang ihren Partner, es ihr gleichzutun. „Mulder, ich weiß nicht recht, wie ich Ihnen das sagen soll . . .“

„Was sagen?“

„Ich glaube, Sie suchen nach etwas, das gar nicht da ist“, meinte sie sanft. „Ich glaube, daß Sie der Tod von Jerry Lamana mehr beschäftigt, als Sie es wahrhaben wollen. Und ich glaube, daß sie genauso verzweifelt nach einem Grund für diesen Tod suchen, wie Sie sich dafür selbst die Mitschuld geben. Vielleicht wäre es eine gute Idee, wenn Sie sich mit jemandem darüber unterhalten würden – mit jemandem, der Ihnen helfen kann."

Mulder musterte sie unverwandt.

Nach einem Augenblick des Schweigens entgegnete er: „Wahrscheinlich haben Sie recht . . . Wir sehen uns dann morgen."

Dann drehte er sich um und entfernte sich mit schnellen Schritten.

„Mulder, wo gehen Sie hin?"

„Ich werde mich mit jemandem unterhalten", rief er ihr über die Schulter zu und eilte über den leeren Platz dem Sonnenuntergang entgegen.

Es war mitten in der Nacht, doch Brad Wilczek lag mit weit offenen Augen in der Dunkelheit.

Er konnte nicht schlafen – und er wollte es auch nicht.

Es ist genau wie früher, dachte er. Wie früher, als sein Geist an einer Idee arbeitete und sich dabei das Gefühl einstellte, daß sein Gehirn jeden Augenblick explodieren könnte. Die Erregung war dieselbe. Diese Energie . . . Es war das, wofür er all die Jahre gelebt hatte.

Und doch hatte sich etwas geändert. Es gab einen Unterschied. Einen großen Unterschied.

Früher kam seine Erregung vom Erfinden, Schöpfen, Erschaffen.

Jetzt war es Vernichtung. Er hatte Vernichtung im Sinn.

Plötzlich fiel ein Lichtschein in seine Zelle.

Er hörte das Geräusch des Schlosses, die Zellentür öffnete sich, und schon stand Mulder im Durchgang, dicht gefolgt von der Wache.

„Würden Sie uns bitte allein lassen“, bat Mulder den Beamten. „Ich muß mit dem Gefangenen vertrauliches Material durchgehen. Unter vier Augen.“

„Sind Sie sicher?“ Der Wachmann zögerte. „Der Gefangene steht vielleicht unter – emotionalem Streß. Er könnte gewalttätig werden.“

„Ist schon in Ordnung“, versicherte ihm Mulder und klopfte demonstrativ auf seine Pistole. „Ich werde schon mit ihm fertig.“

„Jawohl, Sir.“

Der Wächter schloß die Zellentür und verschwand im Korridor.

„Haben Sie sich entschieden?“ wollte Mulder wissen, als sich der Beamte außer Hörweite befand.

„Ja.“ Wilczeks Stimme war ausdruckslos.

„Werden Sie es tun?“

„Ja.“

„*Können* Sie es tun?“

„Ich denke schon“, sagte Wilczek langsam. „Vielleicht. Wir werden sehen. Oder besser gesagt, Sie werden sehen. Das Problem ist, daß das COS gewissen Veränderungen unterzogen worden ist ... Modifikationen, von denen ich nichts weiß. Korrekturen, die es selbst vorgenommen hat."

Behutsam legte Mulder einen schmalen Laptop auf Wilczeks Bett, den er unter seinem Trenchcoat hereingeschmuggelt hatte.

„Wie lange werden Sie brauchen?"

„Kommen Sie in ein paar Stunden wieder." Wilczek öffnete den Computer und schaltete ihn ein. Während das Gerät seinen Betrieb aufnahm, strichen seine Finger unruhig über die Tastatur. „Ich schätze, ich kann Ihnen geben, was Sie brauchen . . . Und dann liegt es bei Ihnen."

# 14

Scully fühlte sich schlecht, als sie am selben Abend ihren Tagesbericht schrieb. Es fiel ihr schwer, die Möglichkeit zu erwähnen, daß Mulder vielleicht Hilfe benötigte, möglicherweise gar psychiatrische Betreuung. Sie haßte den Gedanken, daß Nancy Spiller diese Zeilen lesen würde – Spiller war nicht gerade für ihr Mitgefühl menschlichen Schwächen gegenüber bekannt.

Trotzdem. Scully hatte ihre Pflicht zu tun, und das tat sie auch.

Nachdem sie ihre Arbeit beendet hatte, schaltete sie den Computer aus und ging früh zu Bett. Doch sie kam nicht zur Ruhe: von Alpträumen geplagt warf sie sich rastlos hin und her.

Als das Telefon klingelte, schien es ihr beinah wie eine Erlösung.

Doch bevor sie den Hörer abnehmen konnte, hatte das Läuten wieder aufgehört.

„Wer ruft um diese Zeit noch an . . .“, murmelte sie schlaftrunken – dann bemerkte sie, daß das Lämpchen ihres Anrufbeantworters aufblinkte.

Gähnend drückte sie auf die Abruftaste und vernahm schließlich eine Stimme: „Hier ist Spiller. Es ist von höchster Bedeutung, daß Sie den Bericht, um den ich Sie ersucht hatte, so bald wie möglich –“

Scully seufzte, als sich das Gerät wieder ausschaltete.

Jetzt würde es ihr noch schwerer fallen, einen ruhigen Schlaf zu finden. In Gedanken begann sie, verschiedene Begründungen für Mulders bizarres Verhalten durchzugehen. Irgend etwas mußte sie schließlich in ihrem Bericht darüber schreiben. Vielleicht würde sie sich noch an ihren Computer setzen und ein paar . . .

Doch jemand anderes war schneller als sie.

Durch die offene Schlafzimmertür konnte sie sehen, wie der Bildschirm ihres Rechners aufleuchtete.

Scully sprang erschrocken auf, stürzte in den Nachbarraum und registrierte verblüfft, daß eine Reihe von Befehlen über den Monitor liefen, die sich um die Datei WILCZEK.DOC drehten.

Wie gebannt starrte sie auf den Schirm, als ihr Bericht erschien und in voller Länge abgerufen wurde. Dann erklang eine Serie von Tönen, und der Computer schaltete sich wieder ab.

Scully zögerte nicht lange. Sie griff nach dem Telefonhörer, tippte hastig eine Nummer und rief der Vermittlung zu: „Hier spricht Special Agent Dana Scully, Identifikationsnummer 2317-616. Sie müssen sofort eine Modemverbindung zurückverfolgen, die gerade mit der Rufnummer 202-444-6432 bestanden hat.“

Wenige Minuten später kam die Antwort. Nachdem Scully die Information entgegengenommen hatte, bedankte sie sich, schmetterte den Hörer auf die Gabel und warf die erstbesten Kleider über, die sich in Reichweite befanden.

„Verdammt!" preßte Mulder zwischen den Zähnen hervor.

Er hatte seinen Wagen vor dem Eurisko-Hauptquartier geparkt, war ausgestiegen und wollte gerade den Kofferraum öffnen, als sich Scheinwerfer von der zuvor noch verlassenen Straße her näherten.

Das ankommende Fahrzeug bremste scharf und hielt unmittelbar hinter Mulders Wagen.

Scully sprang heraus. Mulder hob die Augenbrauen. Zum erstenmal, seit er sie kannte, sah sie nicht wie aus dem Ei gepellt aus ... vielmehr machte sie den Eindruck, als hätte sie sich im Dunkeln angezogen.

„Mulder!" rief sie ihm aufgeregt zu.

„Was tun Sie denn hier?"

„Jemand – oder etwas – ist in meinen Computer eingebrochen, und wahrscheinlich wurde auch mein Telefon abgehört. Ich bekam einen Anruf von Spiller, doch er wurde abgefangen ... vermutlich enthielt er Schlüsselinformationen für meine Computerdaten. Ich habe die Verbindung zum Datendieb sofort zurückverfolgen lassen ..." Sie hielt inne und blickte an dem Eurisko-Gebäude hoch, das in der Dunkelheit schwarz und bedrohlich vor ihnen aufragte. „Und sie kam von irgendwo da drinnen."

„Es ist die Maschine, Scully“, erklärte Mulder sanft.

Scully widersprach nicht. Statt dessen sagte sie: „Wie kommen wir hinein?“

Mulder grinste spitzbübisch und öffnete den Kofferraum seines Wagens.

„Erinnern Sie sich an die Geschichte vom trojanischen Pferd?“ fragte er verschmitzt und zog einen Schraubenzieher und eine Nummerntafel hervor.

Schweigend musterte Scully das Schild mit der Prägung: EURISKO 1.

„Sie hatten Zugang zu Wilczeks Auto?“

„Ist es nicht wunderbar, was ein FBI-Ausweis alles bewirken kann?“ spöttelte er, während er sein eigenes Nummernschild mit dem von Wilczek vertauschte.

Nach getaner Arbeit setzte er sich ans Steuer, und Scully nahm neben ihm Platz. Er fuhr auf das Stahltor zu, das die unterirdische Parkgarage des Eurisko-Gebäudes wie eine Festung verschloß.

„Wichtige Leute haben Privilegien ... Sehen wir mal, wie wichtig Wilczek war.“

Ein Lichtstrahl, der aus einer kleinen Öffnung oberhalb des Tores kam, tastete die Nummerntafel ab.

Ein bestätigendes Signal erklang, und das schwere Stahltor bewegte sich langsam nach oben.

„Sesam öffne dich“, triumphierte Mulder und steuerte den Wagen vorsichtig durch die Einfahrt.

Das Fahrzeug hatte das Tor zur Hälfte passiert, als

plötzlich ein stählerner Balken herunterfuhr und seinen Weg blockierte.

„Was zum ...“, japste Mulder.

„Mulder!“ schrie Scully – doch da fuhr die schwere Stahlplatte auch schon wie eine Guillotine auf sie herab, und einen Moment später blickte sie durch geborstenes Glas.

Zögernd sah sie sich um: hinter ihr war das Dach des Wagens tief eingedrückt; hätte sich jemand auf dem Rücksitz befunden, er wäre wie ein Insekt zerquetscht worden.

Scully zitterte am ganzen Körper, und ihre Ohren waren taub vom Klang des Autoalarms, der jetzt in voller Lautstärke losheulte.

„Ich schätze, unsere Fahrt ist hier zu Ende“, bemerkte Mulder, während er mit der Wagentür an seiner Seite kämpfte. Schließlich gelang es ihm, sie einen Spalt breit zu öffnen und hindurchzuschlüpfen. Er griff nach der schwarzen Tasche, die er mitgebracht hatte, und half dann Scully aus dem verbeulten Fahrzeug.

„Soviel zum Stichwort Überraschungseffekt.“ Mulder mußte schreien, um die Alarmanlage zu übertönen. Er stemmte die Motorhaube hoch und zog an einem Kabel – die plötzliche Stille war anfangs ebenso ohrenbetäubend wie das vorherige Getöse.

Als er weitersprach, hallte seine Stimme gespenstisch durch die leere Garage: „Ich glaube nicht, daß es eine gute Idee ist, in diesem Gebäude den Aufzug zu benutzen. Was sagen Sie, nehmen wir die Treppe?"

„Sicher", stimmte Scully freudlos zu. „Wird mir guttun ... hab in letzter Zeit ohnehin zuwenig für meine Fitneß getan."

Das Treppenhaus wurde von gleißenden Lampen erhellt, doch als Mulder und Scully im fünfundzwanzigsten Stockwerk kurz stehenblieben, um zu Atem zu kommen, erlosch das Licht von einem Moment auf den anderen.

„Mulder?" fragte Scully in die Dunkelheit.

„Trick 17!" antwortete er, und der Strahl einer Taschenlampe flammte auf.

Als der Lichtkegel die Zahl 29 beleuchtete, beendeten sie ihren Aufstieg und wandten sich der Tür zu, die zu den Räumen der Geschäftsleitung führte.

Neben dem Türgriff flackerte ein grünes Lämpchen.

„Sieht aus, als hätten wir Glück", verkündete Scully und wollte schon nach der Klinke greifen, als Mulder ihren Arm grob zurückriß.

„Hey!" Empört fuhr sie zu ihm herum. „Was soll das?"

„Nehmen Sie die Taschenlampe", forderte er sie auf und reichte ihr das Utensil.

Dann zog er einen dicken Gummihandschuh und den Schraubenzieher aus seiner Tasche.

„Wir sollten nicht denselben Fehler wie Benjamin Drake begehen . . ." Er streifte sich den Handschuh über. Derart geschützt berührte er mit der Spitze des Schraubenziehers das Türschloß.

Ein statischer Blitz zischte auf. Erschrocken ließ Mulder das Werkzeug fallen und sprang zurück.

„Da schulde ich Ihnen wohl etwas", meinte Scully kleinlaut, doch Mulder hörte ihr nicht zu. Mit allen Sinnen konzentrierte er sich auf das Geräusch des zuschnappenden Riegels.

„Geben Sie mir bitte die Lampe . . ." Er streckte die Hand aus.

Scully reichte sie ihm, und Mulder tastete mit ihrem Strahl den Umriß der Tür ab.

„Zu schmal, um ein Stück Plastik durchzuschieben", überlegte er laut. Dann untersuchte er das Schloß. „Funktioniert per elektronischer Schlüsselkarte. Da kommen wir so nicht durch."

Schließlich drehte er den Lichtkegel nach oben – und blickte in das Auge einer Überwachungskamera, deren rotes Betriebslämpchen teuflisch glühte.

„Irgendwie werde ich das Gefühl nicht los, daß wir nicht alleine sind . . . Das waren wir wohl nie, seitdem wir hier sind."

„Wahrscheinlich wird jeder Zentimeter dieses Gebäudes überwacht", erwiderte Scully. „Überwacht von – diesem *Ding*."

Mulder fixierte das funkelnde Lämpchen. „Was gibt es hier zu sehen?" knurrte er und zog den Gummihandschuh wieder aus.

Er stellte sich auf die Zehenspitzen, schob ihn über das Kameraauge und grinste schadenfroh. „Also, solange wir ein wenig Privatsphäre haben . . . sehen wir mal, ob wir in diesem Sicherheitssystem nicht doch einen Schwachpunkt finden können."

Langsam ließ er den Strahl der Taschenlampe über die Wände streichen.

Scully und er entdeckten das Gitter in der Decke über der Tür im gleichen Augenblick.

„Teil des Lüftungssystems", vermutete Scully. „Das heißt, dahinter befindet sich ein Luftschacht . . ."

„. . . und vielleicht gibt es einen Weg durch den Schacht auf die andere Seite der Tür", fiel Mulder in ihre Überlegung ein.

„Ich gehe", erklärte Scully fest. „Ich bin kleiner als Sie. Ich passe leichter hindurch."

Mulder konnte nicht widersprechen. „Gut, wenn der Schacht groß genug ist –" Mit ernster Miene übergab er ihr Lampe und Schraubenzieher.

Damit Scully sich nach oben ziehen konnte, hakte Mulder die Finger ineinander und formte einen Steigbügel, den sie als Tritthilfe nutzte. Das Werkzeug hatte sie unter ihrem Gürtel verstaut.

„Ich schaffe es knapp", ächzte sie und griff hinauf. Sie schraubte die Halterungen des Rosts auf und ließ ihn zu Boden poltern.

Angestrengt reckte sie den Hals und leuchtete die entstandene Öffnung aus.

„Nicht festzustellen, wohin der Tunnel führt“, rief sie zu Mulder herunter. „Aber er ist gerade groß genug für mich. Wünschen Sie mir Glück.“

Abermals klemmte sie sich das Werkzeug unter ihren Gürtel. Dann stemmte sie sich mit beiden Händen nach oben und verschwand in der Schwärze des Luftschachts.

# 15

Während ihrer Psychologiekurse im College hatte Scully von einer bestimmten Art wiederkehrender Alpträume gelesen. Einem Traum, in dem man durch einen endlosen finsteren Tunnel kroch.

Sie selbst hatte bisher keinerlei Erfahrung mit diesem Alptraum gehabt.

Bis heute. Bis zu diesem Augenblick.

Nur der Alptraum, in dem sie sich gefangen sah, war Wirklichkeit.

Der Luftschacht war aus blankem Stahl. Das glänzende Metall reflektierte den Strahl ihrer Taschenlampe in gleißenden Blitzen. Scully bewegte sich in die Richtung, von der sie hoffte, sie würde sie den Büros der Geschäftsleitung näherbringen. Dort mußte sich ebenfalls ein Belüftungsgitter befinden: Sie würde es aufschrauben, sich in den Raum abrollen und Mulder die Tür öffnen.

Doch sie konnte kein weiteres Gitter entdecken.

Wahrscheinlich habe ich mich verschätzt, dachte sie. Oder ich habe die Orientierung verloren und bin eine falsche Abzweigung entlanggekrochen. Sie beschloß, den eingeschlagenen Weg noch für einige Zeit weiterzuverfolgen. Falls sie dann noch immer keinen Ausweg sah, würde sie . . .

Sie bekam keine Chance, ihre Überlegung zu beenden.

Ein heulender Luftschwall schlug ihr wie eine steinerne Wand entgegen.

Sie wurde zurückgeschleudert und landete in einem Abschnitt des Schachts, den sie gerade hinter sich gebracht hatte.

Benommen schüttelte sie den Kopf und benötigte einen weiteren Augenblick, um zu begreifen, daß der Wind nicht von vorne kam.

Während Papierfetzen und kleine Schuttstückchen vorbeizischten und ihr Gesicht zerkratzten, erkannte sie, daß der Strom sie nach hinten zog. Irgend etwas saugte die Luft aus dem Schacht.

Scully griff nach der hervorstehenden Schweißnaht zwischen zwei Schachtsegmenten. Ungeschickt strampelnd versuchte sie sich mit einer Hand daran festzuhalten, während die andere die Taschenlampe umklammerte. Schließlich gelang es ihr, sich zu drehen und die Ursache des Sogs in Augenschein zu nehmen.

Das Licht ihrer Lampe erhellte einen riesigen Ventilator, der am Ende einer Abzweigung die Luft zerhackte. Seine Flügel verschwammen in einem mörderischen Wirbel.

Die Kraft des Lüfters war überwältigend. Sein anhaltender Sog riß Scullys Finger aus ihrem Halt . . . sie wurde den Schacht entlanggeschleift, dem rotierenden Stahl entgegen. Hilflos sah sie die klingenartigen

Flügel auf sich zukommen und schnell größer und größer werden.

Da entdeckte Scully ein Rohr, das die Wand des Schachts entlanglief, und griff mit einer Hand danach. Sie krallte sich fest und versuchte, die Füße in der Krümmung des Gangs zu verkeilen.

„Aus und vorbei!“ schoß es ihr durch den Sinn, als sie erst den Schraubenzieher und dann die Taschenlampe in den Ventilator warf in der Hoffnung, ihn damit zu blockieren – doch der Lüfter fraß das Werkzeug wie ein Reißwolf dünnes Papier.

„Komm schon, Scully, tritt wenigstens nicht ab, ohne zu kämpfen“, beschwor sie sich und zog ihre fünfundvierziger Automatik aus dem Halfter.

Mit zusammengebissenen Zähnen nahm sie ihr Ziel ins Visier und entleerte Schuß für Schuß den Inhalt ihres Magazins.

„Scully?“ Mulder hatte gehört, wie sich das Schloß der Treppenhaustür öffnete. Das Lämpchen wechselte auf grün.

Sie hat es geschafft, dachte er und atmete erleichtert durch. Er hätte sich keine Sorgen machen sollen. Er hätte wissen müssen, daß sie durchkommen würde.

Doch dann öffnete sich die Tür, und sein Herz verfiel wieder in einen unruhigen Rhythmus.

Da stand nicht Scully in der Türöffnung.

Es war Peterson, der Haustechniker des Gebäudes.

„Agent Mulder!“ Peterson zog überrascht die Augenbrauen hoch. „Was tun Sie denn hier?“

Bevor Mulder antworten konnte, vernahmen sie aus der Ferne ein dumpfes Geräusch.

Vielleicht ein Donner – allerdings war die Nacht klar und wolkenlos, erhellt vom Licht funkelnder Sterne.

Oder Pistolenschüsse.

Doch Peterson hatte eine andere Erklärung. „Das COS . . . das COS ist in letzter Zeit etwas durchgedreht. Der Liftunfall, der ihren Kollegen getötet hat, war erst der Anfang – seither sind ständig seltsame Dinge geschehen. Und heute nacht . . . Sie sehen ja selbst: merkwürdige Geräusche, Stromschwankungen, flackernde Lichter. Deshalb bin ich auch noch hier. Ich hab versucht, die Sache unter Kontrolle zu bringen, aber ich muß zugeben, das Ding ist eine Nummer zu groß für mich.“ Er fuhr sich verlegen über den Nacken. „Sie wissen ja, ich bin nur ein besserer Hausmeister. Wäre Brad Wilczek hier, der könnte mir helfen – aber er ist wohl zur Zeit etwas . . . unpäßlich, nicht wahr?“

„So könnte man es ausdrücken.“

„Aber Sie haben mit ihm gesprochen?“ fragte Peterson und blickte Mulder hoffnungsvoll an. „Vielleicht hat er Ihnen einige Hinweise gegeben, was hinter den Problemen hier stecken könnte?“

„Um ehrlich zu sein, das hat er“, gestand Mulder. „Sogar mehr als das. Er erklärte mir, wie ich sie lösen könnte.“

„Tatsächlich?“ Bewundernd schüttelte Peterson den Kopf. „Dieser Wilczek, ein richtiges Genie, hm? Kaum zu glauben, daß er so etwas Verrücktes getan haben soll. Aber wer bin ich schon, über ihn zu urteilen? Ich bin bloß ein Angestellter . . . Allerdings kann ich nach Instruktionen arbeiten – Sie müssen mir nur sagen, was zu tun ist.“

„Ich denke, ich mache das lieber selbst.“ Mulder verzog keine Miene.

„Wie Sie meinen, Agent Mulder. Aber es macht Ihnen sicher nichts aus, wenn ich zusehe, oder? Ich könnte dabei etwas lernen. Sie wissen schon, es könnte meiner beruflichen Qualifikation dienen.“ Und als Peterson das Zögern in Mulders Augen sah, fügte er mit einem Hauch von Härte in der Stimme hinzu: „Genaugenommen muß ich darauf bestehen. Das COS unterliegt meiner Verantwortung.“

„Sicher, das verstehe ich“, lenkte Mulder ein und ließ sich von Peterson den Weg zum Computer der Vorstandsbüros zeigen.

Peterson trat zu Seite und ließ Mulder an das Gerät, der mit den Fingern suchend über die Seiten des Gehäuses fuhr.

„Wo ist der B-Anschluß?“ wollte Mulder wissen.

„Manche Dinge weiß sogar ich“, witzelte Peterson und öffnete eine Klappe an der Seite des Computers, unter der eine Reihe von Buchsen erschien.

Doch bevor er Mulder an die Arbeit gehen ließ, vergewisserte er sich noch einmal mit gerunzelter Stirn:

„Sind Sie sicher, daß Sie wissen, was Sie hier tun? Denn falls nicht, steht mein Job auf dem Spiel."

„Wilczeks Anweisungen waren ziemlich präzise", beruhigte ihn Mulder.

Er zog ein schmales schwarzes Kästchen in der Größe einer Zigarettenschachtel aus seiner Tasche und steckte es in eine der Buchsen.

Der Computer erwachte zum Leben. Lämpchen begannen zu blinken.

Peterson murmelte etwas vor sich hin und kratzte sich verdutzt am Kopf.

„Mist!" fluchte Mulder unterdrückt, als eine Meldung auf dem Schirm erschien: „Zugriff verweigert."

Mit zusammengepreßten Lippen nahm er ein zweites Kästchen aus seiner Tasche und drückte es in die Buchse mit der Bezeichnung C.

Er tippte eine Reihe von Befehlen in die Tastatur und wartete.

Schnell füllte sich der Bildschirm mit einer Kette von Sternen – und dann meldete eine Stimme: „Zugriff gestattet. Anwendercode Stufe sieben."

Peterson entwich ein Laut der Verblüffung, während Mulder triumphierend die Faust ballte.

Erneut griff er in die Tasche und zog die Diskette mit dem Computervirus hervor, die Wilczek ihm gegeben hatte. Für den Bruchteil einer Sekunde erinnerte sich Mulder an Wilczeks Augen, die ihn bei der Übergabe trüb und traurig angeblickt hatten.

Doch als er die Diskette in das Laufwerk des Computers stecken wollte, kam ihm Petersons eisige Stimme zuvor.

„Nicht schlecht, Agent Mulder."

Überrascht wandte Mulder den Kopf – und blickte geradewegs in den Lauf einer Pistole.

„Ich danke Ihnen, Agent Mulder", sagte Peterson. „Ich versuche seit zwei Jahren, die Stufe sieben zu erreichen. Und nun treten Sie bitte zurück."

# 16

Mulder starrte auf Petersons schimmernde Waffe. Dann bemerkte er den steinernen Ausdruck auf dem Gesicht seines Gegenübers – und zählte zwei und zwei zusammen. Als Ergebnis erhielt er seine Unfähigkeit, die Dinge nicht schon früher durchschaut zu haben.

„Verteidigungsministerium?“ fragte er gepreßt.

Peterson hob die Achseln, doch die Pistole in seiner Hand blieb ruhig. „Nicht ganz. Sagen wir, unsere Gehaltsschecks werden von denselben Leuten ausgestellt.“

Mulders Magen zog sich zusammen, während ihm tausend Fragen auf einmal durch den Kopf schossen. Warum hatte ihm Deep Throat keinen Hinweis auf Petersons tatsächliche Identität gegeben? Gab es eine Ebene der Geheimhaltung, zu der selbst Deep Throat keinen Zugriff hatte? Oder hatte er Mulder einfach nur testen wollen?

Falls es so war, hatte Mulder die Prüfung nicht bestanden. Er hatte versagt, verloren, null Punkte.

Peterson machte eine ungeduldige Bewegung mit seiner Waffe und befahl erneut: „Treten Sie von der Maschine zurück und geben Sie mir die Diskette.“

Als Mulder zögerte, hob Peterson die Pistole am ausgestreckten Arm vor seine Brust und knurrte: „Versuchen Sie nicht, mich zu provozieren, Agent Mulder. Ich habe absolute Befugnis zu tun, was getan werden muß – auch das hier . . ."

Mulders Muskeln spannten sich, während sich Petersons Finger Millimeter für Millimeter um den Abzug krümmte.

Für einige endlose Sekunden schien die Zeit stillzustehen.

„Nehmen Sie die Waffe runter", brach eine rauhe Stimme das bleierne Schweigen.

Hinter ihnen stand Scully in der Tür. Ihre Kleidung war ramponiert, ihr Gesicht mit Schmutz verschmiert und ihr Haar vollkommen zerzaust. Doch die Pistole in ihrer Hand zitterte nicht – der Lauf zielte unbeirrt auf Petersons Herz.

„Sie glauben vielleicht zu wissen, womit Sie es hier zu tun haben, aber lassen Sie mich Ihnen sagen . . .", begann Peterson, die Waffe nach wie vor auf Mulder gerichtet, während er seinen Kopf langsam in Scullys Richtung drehte.

„Halten Sie den Mund und lassen Sie die Waffe fallen", forderte Scully energisch.

Peterson war nicht dumm. Er hörte den Zorn in ihrer Stimme und warf seine Pistole auf den Teppichboden.

Er mußte diese Frau auf seine Seite bringen, auf die richtige Seite, auf die Seite der Regierung. Leise und eindringlich sagte er: „Sie machen einen Fehler, Agent Scully. Einen großen Fehler. Sie verletzen ihre eingeschworenen Pflichten."

Mulder stockte der Atem, als er einen Schatten von Unsicherheit in Scullys Augen bemerkte.

Auch Peterson registrierte das kurze Flackern. Mit schneidender Stimme fügte er hinzu: „Diese Operation ist wichtiger, als Sie sich vorstellen können. Sie wurde von Leuten in den höchsten Positionen autorisiert. Es geht um die nationale Sicherheit!“

Mulder fiel ihm ins Wort: *„Hören Sie nicht auf ihn, Scully.“*

Scullys Augen wanderten von einem Mann zum anderen – und in einem Anflug von Galgenhumor mußte sie an ein Tennismatch denken.

Aufschlag Peterson: „Die Technologie in dieser Maschine kann Amerika zur Nummer eins ...“ 15:0.

„Die Maschine ist ein *Monster*, Scully“, unterbrach ihn Mulder erneut. „Sie hat bereits zwei Menschen auf dem Gewissen, und die Regierung wird sie ebensowenig beherrschen können wie Brad Wilczek es am Ende konnte.“ 15 beide.

Petersons Stimme bekam einen drohenden Unterton: „Machen Sie keinen Fehler, Agent Scully. Man wird Sie zur Verantwortung ziehen, wenn Sie sich in diese Operation einmischen. Sie gefährden nicht nur Ihren Job, sondern auch Ihre Freiheit. Und möglicherweise sogar Ihr –“ 30:15.

„Scully, denken Sie an die bisherigen Opfer dieses Wahnsinns – und an die Opfer, die noch kommen werden“, schoß Mulder dazwischen. Erneuter Ausgleich ...

Scully blickte zu Peterson, dann zu Mulder, dann wieder zu Peterson.

Mulder war sich bewußt, was in ihr vorgehen mußte.

Er hatte sie in diese schwierige Lage gebracht: Sie war hin- und hergerissen zwischen ihrer Loyalität zum FBI und der Solidarität mit ihrem Partner. Sie hatte die undankbare Wahl, ihren Job nach den bestehenden Regeln zu erledigen . . . oder Mulder diese Regeln neu schreiben zu lassen.

Es war nicht das erste Mal, daß sie seinetwegen zwischen alle Stühle geriet. Seit sie zusammen arbeiteten, war Scully wieder und wieder dort gelandet.

Er wußte, wie ihre Entscheidung bisher immer ausgefallen war – doch heute war er sich da nicht so sicher.

Immer noch flogen Scullys Blicke zwischen ihm und Peterson hin und her.

Schließlich sagte sie tonlos: „Stecken Sie die Diskette rein, Mulder."

„In Ordnung, Scully!" erwiderte er erfreut und erleichtert zugleich.

„Sie irren sich – Sie wissen gar nicht, wie sehr Sie sich irren", versuchte es Peterson ein letztes Mal, doch Scully bedeutete ihm mit einem kurzen Schwenk ihrer Waffe zu schweigen.

Sie nickte ihrem Partner aufmunternd zu.

Mulder holte tief Luft und schob die Diskette in das Laufwerk des Computers.

Er mußte nicht lange warten – schon nach wenigen

Sekunden ertönte die gequält klingende Stimme der Maschine: „Was tust du da, Brad?“

Und dann wurde aus der Frage ein Flehen: „Brad, tu das nicht.“

Ein Zeichensalat aus Zahlen, Buchstaben und Symbolen lief in rasender Geschwindigkeit über den Bildschirm. Millionen, vielleicht Milliarden Zeichen. Mulder blinzelte, als dieser endlose Strom vorüberstürzte.

Die Lämpchen an der Konsole des Computers blinkten in einem wirren Rhythmus, während die Bürolichter im gleichen Takt wild flackerten.

Von draußen konnte man die Geräusche auf- und zufallender Türen hören. Aufzugskabinen schossen mit enormer Geschwindigkeit die Schächte entlang, bis ihre Halteseile glühten.

Die ohrenbetäubende Symphonie erweckte das Bild eines verwundeten Tiers, das im Todeskampf brüllt und um sich schlägt. Ein Tier, das sich in Krämpfen windet, während ihm ein mörderischer Pfeil nach dem anderen durch den Leib fährt.

Aus den Lautsprechern des Büroterminals stammelte eine gebrochene Stimme: „Sicherheitszone Sieben . . . Fünf . . . Aufwärts . . . Abwärts . . . Guten Tag . . . Auf Wiedersehen . . . Guten Tag . . . Auf Wiedersehen . . . Guten . . . Auf Wie . . . Gu . . . Au . . .“

Mulder mußte sich vorbeugen, um das letzte Hauchen verstehen zu können:

„Warum, Brad . . . *Warum?*“

# 17

Das Getöse verhallte. Die Lichter verblaßten. Es gab nur noch Stille und Dunkelheit.

Dann, Raum für Raum, Stockwerk für Stockwerk, gingen die Lampen in dem großen Gebäude wieder an.

Es war, als erwache das ganze Haus aus einem tiefen Schlaf. Aus einem verwunschenen Dornröschenschlaf – der ein einziger Alptraum gewesen war.

Mulder atmete durch und wischte sich die Schweißperlen von der Stirn. Scully lächelte ihm zu und klopfte ihre Kleidung sauber. Peterson jedoch schüttelte nur grimmig den Kopf.

„Es mußte sein", erklärte ihm Mulder. „Tut mit leid, Peterson – falls das Ihr Name ist."

„Er erfüllt seinen Zweck, genau wie jeder andere", schnappte er.

„Ich verstehe, daß Sie nur Ihre Arbeit erledigen wollten", fuhr Mulder versöhnlich fort. „Sie dachten, Sie würden das Richtige tun. Agent Scully und ich dachten dasselbe . . . Es war eine Sache unterschiedlicher Standpunkte. So was kommt vor."

„Danke für die Auskunft, Agent Mulder", erwiderte Peterson sarkastisch. „Ich schlage vor, daß Sie sich auf die Konsequenzen vorbereiten, denen Sie sich stellen müssen, sobald ich Ihren Vorgesetzten von Ihrer Handlungsweise berichtet habe. Allerdings, Ihren Akten nach zu urteilen, ist das ja nicht das erste Mal für Sie."

„Das ist richtig", warf Scully ein. Ihr Gesicht war ernst – doch in ihren Augen tanzten kleine Spottlichter. „Agent Mulder hat tatsächlich eine gewisse Begabung, solche Dinge zu überstehen. Zugegeben, für mich als seine Partnerin ergibt sich der Nachteil, daß man sich mit ihm nicht gerade den sichersten Job teilt . . . aber es wird auch nie langweilig."

Mulder sah auf die Uhr. „Ich denke, Sie machen sich jetzt am besten an Ihren Tagesbericht. Spiller wird ihn lesen wollen." Er legte den Kopf schief und griente. „Ich überlasse Ihnen, was Sie schreiben . . . allerdings schlage ich vor, daß Sie einige der eigenwilligeren Details vielleicht ein wenig abschwächen. Sie wissen ja, Spiller ist dafür bekannt, daß sie von, äh, Dingen wie gewaltsamem Eindringen ohne Durchsuchungsbefehl nicht übermäßig viel hält."

Scully grinste zurück und nickte. „Der Bericht wird wohl besagen, daß wir das Gebäude betraten . . . sagen wir, nachdem eine Routineüberwachung auf ungewöhnliche Aktivitäten in seinem Inneren hindeutete." Sie blickte zu Peterson. „Sie waren hier noch ziemlich spät bei der Arbeit, selbst für einen Cheftechniker."

„Und wie Peterson schon zuvor wiederholt gemeldet hatte, zeigte das System fehlerhaftes Verhalten", fügte

Mulder vergnügt hinzu. „Und das waren die ersten Anzeichen für den nachfolgenden totalen Zusammenbruch."

„Ergibt diese Geschichte einen Sinn, Mr. Peterson?" wollte Scully wissen. „Oder sähen Sie es lieber, wenn wir über die wahre Natur Ihrer Aktivitäten hier berichteten?"

„Ich glaube nicht, daß das meinen Vorgesetzten recht wäre", nuschelte Peterson und zuckte die Achseln. „Na schön. Tun Sie, was Sie nicht lassen können. Dieses Projekt ist sowieso abgeschlossen. Mir bleibt nur noch, die Scherben aufzusammeln . . . Und danach brauche ich meine Tarnung wieder. Ich habe noch andere Jobs zu erledigen."

„Da bin ich mir sicher", sagte Mulder mit gespielter Grimmigkeit. „Ihre Abteilung wird sich noch oft genug einmischen wollen. Also: Auf Wiedersehen, Mr. Peterson – sollten wir uns denn je wiedersehen."

Mulder und Scully ließen Peterson vor dem ausgebrannten Computerbildschirm zurück.

Sie gingen durch den Korridor auf die Liftschächte zu, und ihre Schritte hallten bedrohlich durch die nächtliche Stille. Als sie den Lift erreichten, drückte Mulder auf den Knopf.

Der Aufzug erschien umgehend, und seine Türen öffneten sich mit einem dezenten Schmatzen.

Mulder und Scully sahen sich einen Moment lang an.

„Ich gehe zuerst", entschied Mulder und betrat die Kabine. Scully folgte ihm.

„Los geht's." Mulder betätigte die *Abwärts*-Taste.

Beide hielten den Atem an.

Die Stahltüren schlossen sich.

Zahlen flogen vorbei: 29, 28, 27 . . . doch auf dieser Fahrt wurden sie von keiner mechanischen Stimme begleitet.

„Schweigen ist Gold", bemerkte Scully, nachdem sie das Erdgeschoß erreicht hatten und sich die Türen wieder öffneten.

Im Osten vertrieb bereits das erste Tageslicht die Dunkelheit, als sie den verlassenen Platz vor dem Gebäude überquerten. Während Scully in ihren Wagen stieg, meinte sie: „Ich werde mich nun um meinen Bericht kümmern. Was haben Sie vor, Mulder?"

„Ich werde mich bei Wilczek melden", erwiderte er. „Er wird sich freuen zu hören, daß sein Virus so gut angeschlagen hat. Er wird zwar an seiner Handlungsweise zweifeln, aber da kann man nichts machen."

„Erinnern Sie ihn daran, daß man manchmal Eier zerschlagen muß, um ein Omelett zu braten – oder um zu verhindern, daß es von anderen Leuten gebraten wird. Er wird sicher Gelegenheit bekommen, neue Ideen auszuhecken . . . falls er jemals das Gefängnis verlassen wird."

„Ich werde vorschlagen, daß er sein Geständnis widerruft. Er könnte es problemlos als Folge der Nervenbelastung abtun, unter die er durch den Druck des FBI geraten ist, und ich könnte mich zur Verfügung stellen, um diese Erklärung zu unterstützen. Ohne dieses Geständnis hätte das Gericht doch viel zu wenig an der Hand, für ein rechtskräftiges Urteil, meine ich . . . Oder?“

„Viel weniger als bei O.J.“, stimmte Scully ihm zu und ließ den Motor an. „Und ich bin mir sicher, daß sich Mr. Wilczek die besten Anwälte leisten kann.“

„Er wird nicht mal seine Corvette verkaufen müssen . . .“ Mulder deutete eine Geste des Abschieds an und machte sich dann auf den Weg zu seinem eigenen demolierten Wagen, um zum Untersuchungsgefängnis zu fahren.

Bei seiner Ankunft erwartete Mulder eine Überraschung. „Was soll das heißen, Brad Wilczek befindet sich nicht mehr hier? Hat man ihn freigelassen?“

„Nicht direkt“, klärte ihn der Beamte mit undurchdringlicher Miene auf. „Aber er befindet sich nicht länger unter unserer Aufsicht.“

„Unter wessen Aufsicht steht er denn jetzt?“

„Tut mir leid, aber das sind vertrauliche Informationen“, erwiderte sein Gegenüber ungerührt.

„Aber ich bin als Agent des FBI für diesen Fall zuständig!“

„Sie besitzen leider nicht die notwendige Befugnis.“ Die Stimme des Mannes klang aufreizend gelassen, beinah gelangweilt.

Mulder mußte sich zusammenreißen, um nicht aus der Haut zu fahren. „Ich verlange zu erfahren, wer verantwortlich ist für diese . . . diese unautorisierte –“

„Ich versichere Ihnen, es war autorisiert – von allerhöchster Ebene. Tja, falls Sie sonst nichts mehr benötigen . . .“ Mit diesen Worten wandte sich der Beamte wieder dem Berg von Dokumenten zu, der sich auf seinem Schreibtisch türmte.

„Ich werde diese Sache nicht auf sich beruhen lassen“, knirschte Mulder, während er sich zum Gehen wandte.

Doch der Beamte sah noch nicht einmal hoch, als Mulder aus dem Zimmer rauschte.

Fünf Tage später tobte der Sturm der Entrüstung immer noch in Mulders Brust. Mittlerweile hatte er sämtliche verfügbaren Informationsquellen strapaziert. Er hatte jede Datenbank durchforstet, auf die er bei seinen Recherchen gestoßen war, und sich mit allen hochrangigen Regierungsbeamten in Verbindung gesetzt, die er kannte. Er hatte sogar seine Freunde, die Lone Gunmen, aufgesucht. Doch all seine Bemühungen waren vergeblich.

Jetzt gab es nur noch eine Quelle, die er noch nicht kontaktiert hatte.

Und Deep Throat setzte Mulder in Erstaunen: Er war wesentlich besser gelaunt, als Mulder erwartet hatte. Als Treffpunkt hatte er erneut den Platz vor dem Eurisko-Gebäude genannt.

Sieger können es sich leisten, freundlich zu sein – Deep Throat machte auf Mulder den leicht herablassenden Eindruck des haushoch Überlegenen.

„Ich habe den Abgeordneten Klebanow und das Subkommittee des Justizministeriums über Wilczeks Aufenthaltsort befragt“, berichtete ihm Mulder. „Ich habe mich sogar mit dem Büro des Ministers selbst in Verbindung gesetzt.“

„Sie werden ihn nicht finden“, versicherte ihm Deep Throat und klang dabei merkwürdig selbstzufrieden.

„Die können doch einen Mann wie Brad Wilczek nicht einfach verschwinden lassen!“

„*Die* können tun, was immer sie wollen“, bemerkte Deep Throat trocken.

„Aber wo ist er?“

„Er führt zur Zeit Vertragsverhandlungen mit einflußreichen Regierungsbeamten. Beamte, die die Macht besitzen, ihm einen großen Gefallen als Gegenleistung für seine Kooperation in . . . in gewissen Bereichen zu garantieren. In unserem Geschäft nennt man das *harte Bandagen* – aber das wissen Sie ja vermutlich selbst.“

„Brad Wilczek läßt sich nicht korrumpieren“, erklärte Mulder so leidenschaftlich, als ginge es um seine eigene Integrität. „Er wird niemals bereit sein, für diese Leute zu arbeiten. Er hat seine eigenen Visionen von der Zukunft – und es sind sicher nicht dieselben wie die von . . . *denen.*“

„Ich muß Sie darauf aufmerksam machen, daß Wilczeks Zukunft gegenwärtig nicht viel mehr zu bieten hat als den Anblick seiner Zellenwände." Deep Throat lächelte süffisant. „Die Aussicht auf Freiheitsentzug bewirkt bei den meisten Menschen bis dahin undenkbare Reaktionen. Vergessen Sie nicht, Wilczek hat bereits zwei Morde gestanden."

Mit einer wegwerfenden Geste konterte Mulder: „Diese Geständnisse kann er jederzeit widerrufen."

„Das hängt wohl von dem Richter ab, der mit dem Fall betraut ist. Und schließlich existiert der einzige Beweis seiner Unschuld nicht mehr. Die Maschine ist zerstört. Dafür haben Sie gesorgt."

Nachdenklich nagte Mulder an seiner Unterlippe. „Ja, schon . . . aber was hätte ich denn sonst tun können?"

„Nichts. Außer Sie wären bereit gewesen, die Maschine – nun ja, sagen wir: leben zu lassen."

„Also hat das Verteidigungsministerium nichts Brauchbares mehr vorgefunden?"

„Wenigstens damit können Sie sich trösten", brummte Deep Throat. „Man versucht es seit fünf Tagen. Wilczeks Virus hat gründliche Arbeit geleistet. Es gibt keine Spuren von künstlicher Intelligenz mehr . . . Während wir uns hier unterhalten, beenden die da oben gerade ihre Suche." Deep Throat deutete mit dem Kinn zum Hauptquartier von Eurisko hinauf. Das Haus war von Polizeisperren und bewaffneten Wachen umringt.

„Es ist nichts mehr übrig?“ Mulder atmete tief durch.

„Nichts mehr.“ Deep Throat schüttelte den Kopf, sein Gesicht zeigte keinerlei Regung. „Die Maschine ist tot.“

# 18

Als Claude Peterson noch ein kleiner Junge war, hatte ihm sein Vater ein Motto fürs Leben mitgegeben: „Sieger geben nie auf, und wer aufgibt, wird nie ein Sieger."

Diese Worte waren ihm in High School und College immer Trost und Ansporn zugleich gewesen. Sie brachten ihn Schritt für Schritt die Karriereleiter hinauf, sie hatten ihn erfolgreich begleitet – bis zu diesem Moment, in dem er sich am Telefon vor seinem Vorgesetzten rechtfertigen mußte.

„Sir", begann er eindringlich, „ich bin davon überzeugt, daß es sinnvoll wäre, die Untersuchung noch mindestens ein paar Tage länger fortzuführen. Das Computersystem ist ziemlich komplex. Ich glaube, es besteht nach wie vor die Möglichkeit, daß . . ."

Die stählerne Stimme am anderen Ende der Leitung fiel ihm ins Wort. „Peterson, Sie haben ein Team von zwanzig Leuten da drinnen, und zwar alles Experten auf ihrem Gebiet, richtig?"

„Jawohl, Sir."

„Sie arbeiten in diesem Gebäude jetzt seit fünf Tagen, richtig?"

Diese Stimme hört sich fast künstlich an, dachte Peterson flüchtig. Dann konzentrierte er sich wieder auf das Gespräch. „Jawohl, Sir. Fünf Tage *und* fünf Nächte."

„Und Sie haben keinerlei Spuren irgendwelcher verbliebener künstlicher Intelligenz gefunden, richtig?"

„Nein, Sir . . . ich meine, jawohl, Sir."

„Haben Sie eigentlich eine Vorstellung davon, was eine Untersuchung in diesem Ausmaß kostet? Und von den Schwierigkeiten, die wir manchmal haben, wenn wir unser Budget planen müssen?" Jetzt erinnerte der Tonfall des Vorgesetzten an krängendes Metall.

„Jawohl, Sir – ich meine, nicht genau, Sir", räumte Peterson kleinlaut ein. „Das ist nicht so ganz mein Fachbereich."

„Ich muß Ihnen leider sagen, *meiner* ist es", verkündete die Stimme. „Es gibt profitablere Gebiete, für die unsere Abteilung ihr Geld ausgeben kann. Also packen Sie Ihre Sachen zusammen und verschwinden Sie da. Sie haben fünf Stunden."

„Aber Sir –" versuchte es Peterson noch einmal.

„Das heißt, daß Sie und Ihre Leute um exakt 17.00 Uhr da raus sind. Haben Sie mich verstanden?" blaffte es am anderen Ende der Leitung.

„Jawohl, Sir", meldete Peterson resigniert.

„Noch irgendwelche Fragen?"

„Nein, Sir."

„Dann *tun* Sie es."

Peterson hörte, wie sein Gegenüber einhängte, und legte dann ebenfalls auf.

Um ihn herum waren seine Männer damit beschäftigt, durch die Reste der Anlage zu gehen, die einmal das Eurisko Central Operating System gewesen war. Von Mikrophonen über Stethoskope bis zu elektronischen Sensoren hatten sie alle Hilfsmittel eingesetzt – alles außer feinzahnigen Kämmen.

Andere Worte aus seiner Kindheit schossen Peterson durch den Sinn:

*„Humpty Dumpty saß auf der Wand,*
*Humpty Dumpty fiel in den Sand,*
*da hat der König all seine Reiter gesandt*
*doch keiner schaffte Humpty zurück auf die Wand.“*

Peterson seufzte und sagte dann mit lauter Stimme: „Leute, hört mal her. Wir müssen hier in fünf Stunden fertig sein.“

Seine Ankündigung wurde mit einem halblauten, verärgerten Murren quittiert, das ihn mit Stolz erfüllte. Er hatte eine gute Mannschaft. Sie fanden diese Kapitulation genauso frustrierend wie er.

Während er sich erhob, legte er noch etwas mehr Autorität in seine Stimme: „Das ist eine Anweisung von ganz oben.“

Jemand hinter ihm murmelte: „Natürlich . . . es ist immer dasselbe. Wir werden nicht einmal gefragt. Wir sollen bloß aufhören und die Sache sterben lassen.“

„Hör schon auf, Sam“, erwiderte ein anderer Mann. „Diese Maschine *ist* doch schon tot. Manchmal gewinnt man eben, und manchmal verliert man.“

Peterson notierte sich im stillen den Namen des zweiten Sprechers – bei der Zusammenstellung seines nächsten Teams würde er nicht mehr berücksichtigt werden.

Nichtsdestotrotz bekräftigte er: „Also los, machen wir uns an die Arbeit.“

Mit einem kurzen Blick in die Runde kontrollierte er, ob die Aufräumarbeiten auch in Angriff genommen wurden. Dann verließ er den Raum. Er hatte keine Lust, dem kläglichen Ende des Eurisko-Projekts beizuwohnen.

So war er nicht mehr da, um unter einen Stoß von Computerteilen zu blicken. Er bemerkte nicht, daß dort hintereinander drei rote Lämpchen aufleuchteten – hätte er dieses Flackern beobachtet, hätte er vielleicht erkannt, daß sie sich gegenseitig anblinkten.

Auch das rot aufglühende Licht an der Überwachungskamera entging ihm – das elektronische Auge schwenkte vorsichtig durch den Raum, als wolle es sich des Aufbruchs der Männer vergewissern.

Es war nicht an Peterson, Vermutungen darüber anzustellen, daß es offensichtlich nichts gab, rein gar nichts, was jenseits der Kraft von reiner Intelligenz lag – nicht einmal die Fähigkeit, sich selbst aus dem Nichts zu regenerieren, einem Phönix aus digitaler Asche gleich.

Und er hatte keine Ahnung, was das System für die Zukunft plante.

Doch damit war er nicht allein.

## Die großen Akte X-Romane

Charles Grant
**Lebende Schatten**
Roman

Charles Grant
**Wirbelsturm**
Roman

Kevin J. Anderson
**Höllenfeuer**
Roman

Kevin J. Anderson
**Ruinen**
Roman

Kevin J. Anderson
**Antikörper**
Roman

vgs verlagsgesellschaft Köln

# AKTE X STORIES